わたしたちが
火の中で失くしたもの

マリアーナ・エンリケス

安藤哲行＝訳

Las cosas que perdimos en el fuego

by Mariana Enriquez

河出書房新社

わたしたちが火の中で失くしたもの　目次

わたしたちが火の中で失くしたもの

もう一度、子供にもどれたらいいのに、なかば野蛮で、元気のいい、自由な。

――エミリー・ブロンテ『嵐が丘』

わたしはわたしの心の中にいる。
わたしは間違った家に閉じこめられている。

――アン・セクストン「精神異常者の年のために」

汚い子

わたしはいかれてる、わたしの家族はそう思ってる。コンスティトゥシオン地区の一戸建て、父方の祖父母の家に住むことに決めたから。それは、ビレイエス通りにある、巨大な石造りの建物で、鉄の扉は緑に塗られ、細部の装飾はアール・デコ、床は古いモザイク、とてもすり減っているので、床面をワックスで磨く気になれば、ローラースケート場をオープンさせられそう。でもわたしはずうっとこの家が大好きだった。小さいころ、弁護士事務所に貸していたときは、機嫌が悪かったのを覚えている。窓の高い部屋、秘密の庭のような内庭がどんなに恋しかったか。玄関に近寄っても、もう自由に中に入れなかったから、欲求不満になった。祖父がいないことをそんなに寂しく思わなかった。寡黙な人でほとんど笑わなかったし、一度も賭《か》け事をしたことがなかった。亡くなったとき、わたしは泣きさえしなかった。彼の死後、少なくとも数年のあいだ、その家を手放したときには、ひどく泣いた。

弁護士たちのあと、歯科医たちが来て、最後に旅行雑誌が借りたものの、二年もたたないうちに廃業した。家は美しくて快適だった。そして、その古さを考慮すれば、すばらしくいい状態を保ってた。でももうだれも、それともほんの少しの人しか、その地区に落ち着きたがらなかった。旅行雑誌がそこに来たのは、賃貸料が、そのころとすれば、とても安いからでしかなかった。だからといってあっという間の破産をまぬがれさせてくれなかったし、オフィスに盗みに入られないようにする役にも立たなかったのは確かだった。コンピュータを全部、電子レンジ、重いコピー機さえ持っていかれた。

コンスティトゥシオンは、南部から町に来る鉄道の駅がある地区。十九世紀には、ブエノスアイレスの特権階級が住んだ地域で、だからこそわたしの家族の家みたいな、こうした家々がある——そしてはるかにたくさんの邸宅が、ホテルや老人ホームに変わったり、駅の向こう側、バラカスでは倒壊しかかったりしている——。一八八七年、特権階級の家族は、黄熱病にかからないよう町の北のほうに逃げた。もどってきたのはわずかだった。ほとんどもどってこなかった。年月が経つうちに、わたしの祖父のような富裕な商人の家族が、ガーゴイルと青銅のノッカーのある石造りの家を買うことができた。でもその地区は住民が逃げた、棄《す》てた、好ましい環境じゃないということで目立つようになった。

そしてどんどん悪くなってる。

でも、動き方を知っていれば、その力学を、時刻表を理解していれば、危険じゃない。もしくは、危険度が下がる。わたしは、金曜の夜に、ガライ広場に近づけば、何人かのライバルらしい男たちの喧嘩《けんか》に巻き込まれるかもしれないことを知ってる。セバージョス通りのドラッグの売人は自分たちの縄張を他所者《よそもの》から守り、彼らから金を借りっぱなしにしている人たちを追い回している。脳のいかれた中毒者は、どんなことにも腹を立て、瓶を手に襲いかかってくる。酔っ払いの、くたびれた異性装者たちも自分の小さな縄張を守る。その大通りを歩いて家にもどるなら、ソリス通りを帰るよりもずっと強盗にあいやすい。大通りはよく照明されていて、ソリスは街灯が少なく、多くが壊れているので暗いのだけど。こうした方策を学ぶには、地区をよく知らないといけない。わたしは、二度、その大通りで強盗にあった。二度とも子供たちで、走ってきて、わたしのバッグをもぎ取り、地面に押し倒した。最初のときは警察に訴え出たけど、二度目のときには、無駄だということがもうわかっていた。警察は、若者たちが警察のためにする手助けと引き換えに、高速の橋までの間——解放された三ブロック——は、大通りで盗むことを許している。この地区で安心して動き回るには、いくつか秘訣があり、わたしはそれを完璧に使いこなしている。もちろん、想定外のことはいつ起きてもおかしくないけど。要は、怖がらない、必要不可欠な友だちを何人かつくる、近所の人たちには、犯罪者であっても——犯罪者だったらなおさら——挨拶《あいさつ》をする、注意を払いながら顔を上げて歩く、それだけのこと。

わたしはこの地区が好きだ。それがなぜなのかだれも理解できない。でもわたしにはわかっている。自分がきちんとして大胆、利発な人間と思わせてくれるからだ。コンスティトゥシオンみたいなところはこの町には多くない。周辺部のスラムは別として、町はもっと豊かで、もっと居心地がよく、強烈で巨大、それでも暮らしやすい。コンスティトゥシオンは甘くはないけど、美しい。そこにひっそり隠れている場所はどこも、かつては豪華だった。ちょうど、見棄てられたあと、かつてはその壁の内側で古い神々を称える声が聞こえたことを知りもしない不信心者たちに今は占拠されてる寺院と同じように。

その通りには大勢の人が暮らしてもいる。わたしの家の玄関から二キロほどのところにあるコングレソ広場ほど多くはないけど。そこには、庁舎のちょうど正面に、本物の野営地がある。それは徹底的に無視されているけど、ひどく目立ちもするので、毎晩、ボランティアの一団がやって来て、人々に食べ物を与えたり、子供たちの健康をチェックしたり、冬には毛布、夏には冷たい水を配ったりしている。コンスティトゥシオンではホームレスはいっそう見棄てられていて、援助はめったに届かない。わたしの家の前、かつてはコンビニ、今は、ドアと窓がレンガでふさがれ、だれにも占拠されないようシャッターが降りている建物がある角には、若い女性が息子と暮らしている。彼女は、妊娠数か月といったところだけど、地区のヤク中の母親たちはとても痩《や》せているので、わかったものじゃない。息子は五つくらいで、学校に行かず、聖エクスペディトゥスの絵のカードと引き換えにお金をせびりながら、地下鉄で一日を過ごしている。それを知ったのは、ある晩、中心部から帰宅するとき、車両の中で見たから。彼は人の心をかき乱すようなやり方を心得てる。乗客にカードを差し出したあと、握手を強要し、汚い手で短くぎゅっと握る。乗客たちは憐みやむかつきを抑える。その子は汚くていやな臭いがするけど、わたしは、だれかがたっぷり同情し、彼を地下鉄から連れ出して、自分の家に連れていき、風呂に入れ、ソーシャルワーカーに電話をするのを見たことがない。乗客たちは彼と握手し、カードを買う。彼はいつも顔をしかめていて、話すときには、声がかすれる。よく風邪をひいているし、ときどき地下鉄やコンスティトゥシオン地区の他の子たちとタバコを喫っている。

ある夜、地下鉄の駅からわたしの家まで一緒に歩いた。話しかけてこなかったけど、連れ立って歩いた。名前とか年齢、いくつかたわいもないことを訊いた。答えなかった。優しい、いたいけな子ではなかった。でも、わたしの家の玄関に着くと、挨拶をした。

「じゃあ、おとなりさん」と彼は言った。

「じゃあ、おとなりさん」とわたしは応えた。


汚い子とその母親は、マットレスを三枚積みあげ、その上で寝ているけど、ひどく使い古されているので普通のマットレス台と同じ高さしかない。母親は黒いごみ袋に少しばかりの服をしまい、一つのリュックサックに、なにかはわからないけど、他のものをいっぱい詰めこんでいる。彼女はその角から動かず、そこから暗い、抑揚のない声でお金をねだっている。わたしはその母親が好きじゃない。無責任だからというだけじゃなく、低純度のコカイン《パコ》を喫って、その灰が妊娠しているお腹《なか》を焦がすから。息子を、汚い子を優しく扱っているのを見たことがないから。他にも嫌いなことがある。友だちのララにそれを言った。彼女の家で、このまえの月曜の祝日に、髪を切ってもらっているときに。ララは美容師だけど、しばらくお店で働いていない。上司がいるのが嫌なの、と言う。彼女は、自分のアパートでもっと稼ぎ、もっと気楽でいられる。美容院としては、ララのアパートはいくつか問題がある。たとえば、お湯が断続的に流れること。湯沸かし器の調子がひどく悪いからで、ときどき、カラーリングのあと髪を洗っているとき、ほとばしる冷たい水を頭に受けて悲鳴を上げさせられる。彼女は白目をむいて説明する。配管工はみんな、あたしをだますの、ぼったくる、二度と来やしない。わたしは彼女の言うことを信じてる。

「あの女はねえ、人でなしだよ」と彼女は大声を上げるけど、わたしの頭皮を使い古したヘアドライヤーで焼きかけている。太い指で髪を整えているときも痛い。何年もまえ、ララは女性に、それもブラジル人になる決心をしたけど、ウルグアイ人の男性として生まれた。今は地区でいちばん腕のいい、異性装者の美容師で、もう売春はしていない。ポルトガル語訛りを装うことは、街娼をしてるときには、男たちを口説くのにとても役立ったけど、今は意味がない。それでも慣れっこになっていて、ポルトガル語で電話をするし、怒ると両腕を天井向けて突き上げ、彼女が個人的に信仰する神《エシュ》のポンバ・ジラに憐みや復讐《ふくしゅう》を願ったりする。そのポンバのために、髪をカットする部屋の隅、ずっとチャット画面になっているコンピュータの横に、小さな祭壇をもうけている。

「それじゃあ、あなたにも人でなしに思えるんだ」

「虫唾《むしず》が走るの、マミ。なんだかなにかに呪われてるみたい」

「どうしてそんなこと言うの？」

「あたしはなんにも言ってないわ。彼女はお金のためならなんだってする、魔法使いの集まりにだって出かける、この地区じゃ、そんなふうに言われてる」

「ああ、ララ、魔法使いだなんて。ここには魔法使いはいない、なんでもかんでも信じちゃだめ」

彼女はわたしの髪を引っ張った。わざとしたみたいだったけど、謝った。やっぱりわざとだ。

「ここで本当に起きてること、その何を知ってる、マミータ？　あんたはここに住んでる、でも生まれは別の世界」

少しは当たってる。そんなことを耳にするのはしゃくだけど。彼女が、率直に、わたしをわたしの居場所に置くのが嫌だった。ブエノスアイレスでいちばん危険な地区に住む決心をしたから自分を挑戦的だと思ってる、中流の女。ため息をつく。

「そのとおりね、ララ。でもわたしが言いたいのは、彼女はわたしの家の前で暮らしてて、いつもそこに、マットレスの上にいるってこと。動きさえしないの」

「あんたは長い時間働いてて、彼女がなにをしてるのか知らない。夜、監視してない。この地区の連中は、マミ、とっても……なんて言うんだっけ？　あんたが気づかないうちに、あんたを襲う」

「人目を盗む？」

「それ。あんたはうらやましくなるくらい言葉を知ってる、でしょ、サリータ？　この人、お上品なの」

サリータは、ララがわたしの髪を仕上げるのを十五分くらいまえから待ってるけど、待つことを嫌がらない。雑誌のページをめくってる。サリータは若い異性装者で、ソリス通りで街娼をしてる、そしてとっても美しい。

「話してやって、サリータ、あたしに話してくれたことを話してやって」

でもサリータはサイレント映画の歌姫みたいに唇をすぼめ、わたしになにも話そうとしない。そのほうがいい。地区の怖い話を聞きたくない。どれも嘘《うそ》みたいな、それでいて信じられるような話だけど、怖くはない。少なくとも、昼間は。夜は、遅れている仕事を終わらせようとして、眠らずに、静かに気を集中してると、ときどき、人が声をひそめてする話を思い出す。そして通りに面したドアがきちんと閉まっているのを確かめる。バルコニーのも。そしてときどき通りを見つめる、とりわけ、汚い子とその母親が、名もない死者たちみたいにまったく動かずに寝ている角全体を。

ある晩、夕食のあと、呼び鈴が鳴った。変だった。そんな時間には、ほとんどだれも会いに来ない。ララは別。夜、彼女が寂しくなると、一緒になって悲しいランチェーラを聞き、ウイスキーを飲む。だれかと思って窓から見たら——真夜中近く呼び鈴が鳴れば、この地区ではだれも直接ドアを開けない——そこに汚い子がいるのが見えた。急いで鍵を取ってきて、彼を中に入れた。泣いてた。垢《あか》だらけの顔に涙がくっきり筋をつけているのでそれがわかった。彼は駆け込んできたけど、食堂のドアのところで足を止めた。まるでわたしの許可をもらおうとするみたいに。それとも、まるで先に進むのを怖がっているみたいに。

「どうしたの?」とわたしは訊いた。

「ママがかえってこない」と言った。

声はまえほどしわがれていなかったけど、五歳の男の子のようには響かなかった。

「君をひとりにしたの？」

首を縦に振る。

「怖いの？」

「おなかすいた」と答えた。彼は怖がってもいた。それでももう、それを見知らぬ人、それも自分がいる野外のちょうど正面に家を、きれいですごく大きな家を持っている人の前では認めようとしないくらいしっかりしていた。

「そお」とわたしは言った。「入りなさい」

裸足《はだし》だった。このまえ見たときは、かなり新しい靴を履いていた。暑いから脱いだのか。それとも、夜のあいだに盗まれたのか。尋ねたくなかった。台所の椅子に坐らせ、オーブンに少しの鶏肉の炊き込みご飯《アロス・コン・ポージョ》を入れた。待ってるあいだに、美味しい手作りパンにバターをぬった。とても真剣にわたしの目を見つめながら、落ち着いて食べた。お腹がすいていたけど、飢えてはいなかった。

「お母さん、どこへ行ったの？」

彼は肩をすくめた。

「よくどこかに行っちゃうの？」

また肩をすくめた。揺さぶりたくなったけど、すぐ恥ずかしくなった。彼はわたしに助けてもらわなくてはならなかった。彼にはわたしの病的な好奇心を満足させなくてはならない理由なんかなかった。そして、それでも、そうして黙っていられると、なんだか腹が立った。優しい、愛くるしい子であってほしかった。こんな不愛想な、汚い子じゃなくて。一口一口味わいながら、アロス・コン・ポージョをゆっくり食べ、グラスに入ったコカ・コーラはごくごく飲んだけど、飲み終わると、げっぷをし、お代わりを頼んだ。デザートに出すものがなにもなかったけど、大通りのアイスクリーム店が開いていて、夏には夜の十二時過ぎまでやっているのを知っていた。行きたい、と訊くと、うん、と顔がすっかり変わるような笑みを浮かべて、答える。小さな歯をしてて、下の歯が一本抜けそうだった。こんなに遅く、それも大通りのほうに出かけるのは少し怖かったけど、アイスクリーム店はいつも中立の場所になっていて、そこでは強盗や喧嘩はめったになかった。

財布は持たず、お金を少しパンツのポケットにしまった。通りで、汚い子はわたしの手を取ったけど、地下鉄で聖人のカードを買う人たちに挨拶するときみたいなよそよそしさはなかった。彼はしっかり握った。たぶんまだ怖がっていた。わたしたちは通りを渡った。母親と一緒に寝てるマットレスの上にはまだなにもなかった。リュックサックもなかった。彼女が持っていったのか、それとも、だれかがそこにあるのを、持ち主がいないのを知って盗んだのか。

アイスクリーム店まで三ブロック歩かなくてはならず、セバージョス通りを選んだ。おかしな通りで、静かで落ち着いているような夜もあった。いちばんスタイルの悪い異性装者たち、いちばん太った人たち、いちばん年取った人たちがその通りを働き場所にしていた。わたしは汚い子に履かせる靴を持ってないのが残念だった。歩道にはたいていガラスや割れた瓶のかけらがある。足を切らせたくなかった。彼は自信たっぷりに裸足で歩いていた。慣れていた。その夜、その三ブロックにはほとんど異性装者がいなかったけど、供物台だらけだった。なにを祝っているのか思い出した。一月八日、ガウチート・ヒルの日。コリエンテス州の人気のある聖人で、国中で、とりわけ、貧しい地区で——供物台は町中に、墓地にさえあるのだけど——崇拝されてる。アントニオ・ヒルは十九世紀末に脱走兵として殺されたと言われてる。一人の警官が彼を殺した。彼を木につるし、首を斬《き》った。でも、死ぬまえに、脱走兵のガウチョは彼に言った。「息子を治したいなら、おまえはわたしのために祈らなくちゃいけない」。その警官は、息子が重い病気だったので、そうした。そして子供は治った。そこで警官はアントニオ・ヒルを木から降ろし、埋葬した。そして彼が血を流して死んだ場所には礼拝堂ができあがっていった。それは今もあって、夏にはいつも何千という人を迎えている。

わたしは奇跡を起こすガウチョの話を汚い子にしていた。そして一つの供物台の前で足を止めた。そこには石膏《せっこう》の聖人がいた。水色のシャツ、首には赤いスカーフを巻き——赤いヘアバンドもしている——、背中には、これも赤い十字架。そして赤い布がいくつも、赤い小さな旗が一つあった。赤は、血の色、不正と斬首《ざんしゅ》の思い出。でもぜんぜん不気味でも不吉でもなかった。そのガウチョは幸運をもたらし、治癒《ちゆ》し、助け、見返りに多くを求めない。こうした敬意が示されることと、ときには少しのアルコールがあればいい。それか、コリエンテスのメルセデス礼拝堂への巡礼。五十度の暑さの中、いたるところから、パタゴニアからさえも、徒歩で、バスで、馬でやって来る信者たちと一緒に。薄明りの中、まわりのろうそくが、彼にまばたきをさせていた。わたしは、消えていたろうそくの一つに火をつけ、その炎でタバコの火をつけた。

汚い子は落ち着かないみたいだった。

「もうアイスクリーム店に行こ」とわたしは言った。でもそうはいかなかった。

「ガウチョはいいひとだよ」と彼が言った。「でも、もうひとりはちがう」

彼は、ろうそくを見ながら、小声でそう言った。

「もう一人って？」とわたしは訊いた。

「がいこつ」と言った。「あのうしろに、がいこつたちがいるんだ」

その地区では、「あのうしろ」は、駅の向こう側、プラットホームを越えたところを指す言葉で、線路やその盛り土がそこから南に向かって消えていく。そこにはガウチート・ヒルほど親切ではない聖人たちのための供物台をよく見かける。わたしは、ララがその盛り土までポンバ・ジラのためにお供えを、赤い皿と、雌鶏を殺す気になれないのでスーパーで買った鶏肉を――危険かもしれないので、いつも日中に――持っていくのを知ってる。そして彼女は、「あのうしろ」には聖死神《ムエルテ》、赤と黒のろうそくを持った聖骸骨の供物台がたくさんある、と話してくれた。

「でも悪い聖人じゃないの」とわたしは汚い子に言った。彼は、まるでとんでもないことを聞かされてるみたいに、目を丸くしてわたしを見つめた。「頼まれれば悪いことをしかねない聖人だけど、大半の人たちはひどいことを頼まない。保護を求めるの。あなたのママ、あのうしろにあなたを連れてく？」とわたしは訊いた。

「うん、でもときどき、ぼくひとりでいく」と彼は答えた。そしてそのあと、アイスクリーム店に向かうために、わたしの腕を強く引っ張った。

とても暑かった。アイスクリーム店の前の歩道はべたついていて、たくさんのアイスクリームがぽたぽた落ちたに違いなかった。汚い子の裸足の足のことを考えた。今はこんな別の汚れがついてる。彼は駆け込んで、年寄りじみた声で、チョコチップが混ざったペーストのキャラメル《ドゥルセ・デ・レチェ》とチョコレートの二段重ねの大きなアイスクリームを注文した。わたしはなにも頼まなかった。暑さで食欲はなく、母親が現れなかったら、その子をどうしたらいいのかわからなかった。警察署に連れていく？　病院？　彼女がもどるまで、家にいさせる？　この町には社会福祉事業みたいなものがあったっけ？　そう、あったわ、冬のあいだに掛ける番号、ホームレスのだれかがひどく寒い思いをしてるのを知らせる電話番号が。でもそれ以上のことは知らなかった。汚い子がしずくの垂れている指をなめているあいだに、わたしは気づいたのだった。自分がどれほど人のことに構わずにいるか、そうした不幸な人生をどれほど自然なこととととらえているのか。

アイスクリームを食べ終えると、汚い子は一緒に腰かけていたベンチから立ち上がり、わたしのことをあまり気にせずに、母親と暮らしている街角のほうに歩きだした。わたしは後に続いた。通りはとても暗かった。電気が消えてしまっている。ひどく暑い夜にはよくあることだった。それでも車のヘッドライトで彼がよく見えた。それに、にわか作りの供物台のろうそくが彼を、そして、もう完全に黒くなった足を照らしていた。わたしたちはその角に着いたが、彼は、またわたしの手を取ることも、話しかけることもしなかった。

母親がマットレスの上にいた。どのヤク中とも同じように、温度の観念がなく、トレーナーを着込み、まるで雨が降ってるみたいに、フードをかぶっていた。お腹はとても大きく、むきだしだった。Ｔシャツが短すぎて覆えていなかった。汚い子は彼女に挨拶し、マットレスに坐った。なにも言わなかった。

彼女は怒っていた。うなりながらわたしに近づいた。その音はそうとしか言いようがない。わたしの犬が腰骨を折ったとき痛みで逆上したけど、その痛みを訴えるのを止めて、ただうなっていたのを思い出した。

「このあま、どこに連れてったんだ？　この子をどうしようってんだ、え、え？　あたしの子にちょっかいかけようなんて気になるんじゃねえよ！」

歯の一本一本が見えるくらい彼女は近くにいた。歯ぐきから血が出ていた。唇はパイプで焦げ、息はタールの臭いがする。

「アイスクリームを買ってあげたの」とわたしは叫んだ。そしてわたしを襲うつもりで割れた瓶を手にしているのがわかったとき、後ずさりした。

「失せろ、じゃないと切るよ、このあま！」

汚い子は地面を見つめていた。まるでなにも起きていないかのように、まるでわたしたちを、自分の母親もわたしも知らないというかのように。彼に腹が立った。なんて恩知らずなガキ、と思った。そして駆け出した。手が震え、鍵を探すのに苦労したけど、できるだけ急いで家に入った。照明を全部つけた。わたしの家があるブロックは、幸い、電気が切れてなかった。母親がだれかにわたしを追わせ、殴らせるのではと思い、怖かった。彼女がなにを思いつくのかわからなかった。このブロックにどんな友だちがいるのか知らなかった。彼女のことはなにも知らなかった。しばらくして、二階に上がり、バルコニーから彼女をこっそり見た。仰向きに横たわって、タバコを喫ってた。汚い子は彼女の横で眠っているみたいだった。わたしは、本と水を入れたグラスを持ってベッドに向かった。でも本を読むこともテレビに注意を向けることもできなかった。扇風機が回ってるせいで暑さがいっそうきつくなっているみたいだった。それは、熱い空気をかきまぜ、通りの物音を弱めているだけだった。

朝、仕事に出かけるまえに、食事をしなくちゃならなかった。暑さはもう息苦しいほどで、陽は出たとこだった。玄関のドアを閉めて、最初に気づいたのは向かい側の角にマットレスがないことだった。汚い子とその母親のものはなに一つなかった。バッグも汚れも、タバコのフィルターも残していなかった。なんにも。まるでそこにいなかったみたいだった。

汚い子とその母親が姿を消して一週間後、死体が見つかった。暑さで足をむくませ、天井が高くて部屋が広いので、地獄のような夏でさえすっかり暖めることのできないわが家の涼しさを夢見ながら仕事からもどると、ブロック全体が騒然としていた。パトカーが三台、犯罪が起きた場所を立入禁止にする黄色いテープ、そしてその規制線の外側ぎりぎりのところには黒山の人だかり。ララを見分けるのには苦労しなかった。白いハイヒールに金色の束髪。ひどく興奮していて、左目のつけまつげをするのを忘れてしまってるし、顔は非対称で、片側はほとんど麻痺しているみたいだった。

「どうしたの?」

「子供が見つかったの」

「死体で?」

「どう思う? 首を斬られてるの! ケータイ、持ってる?」

ララは何か月もまえに料金未払で接続が切られていた。わたしたちは家に入り、ベッドに横になって、テレビを見ることにした。天井の扇風機は危険なくらい速く回っていて、バルコニーの窓は通りからなにか耳寄りな話が聞けるかもしれないので開けてある。わたしは、よく冷えたオレンジジュースを入れたピッチャーをトレーに載せて、ベッドの上に置いた。ララはリモコンを独占した。画面でわたしたちの地区を見て、駆けずりまわる記者たちの声を窓から聞き、顔を出して、様々なテレビ局のバンを見るのは変な感じだった。テレビが犯罪の詳細を伝えるのを待つことにしたのは変な感じだったけど、わたしたち二人は地区の力学を知っていた。だれも話そうとしない。少なくとも最初の数日は本当のことは言わない。まずは沈黙、犯罪に巻き込まれた人たちの中には義理立てするにふさわしい人がいるかもしれないので。たとえ子供の恐ろしい犯罪であっても。まずは口を閉ざす。数週間のうちに、話が始まるはず。今はまだ。今はテレビの時だった。

早い時間、夜の八時ごろ、ララとわたしがオレンジジュースを空け、続けてピザとビール、そしてウイスキー――父さんがプレゼントしてくれた瓶を開けた――で終わる長い夜の集《つど》いを始めたとき、ニュースは簡潔なものだった。ソリス通りの使われていない駐車場で、死んだ子供が見つかった。首を斬られていた。頭は遺体の横に置かれていた。

その頭の皮がはがされて骨が見えていたこと、髪の毛はあたりには見つからなかったことが、十時にわかった。そして、瞼《まぶた》が縫い合わされ、舌が嚙《か》まれていることも。それが死んだ子本人によるものか、それとも――これがララに悲鳴を上げさせたのだけど――他の人物の歯によるものかはわからなかった。

ニュース番組は、記者を代えたり、通りから生中継したりして、夜通し報道し続けた。警官たちは、いつものように、カメラの前ではなにも言わなかったけど、報道陣にはたえず情報を流してた。

真夜中になっても、だれも遺体を引き取っていなかった。虐待されたこともわかっていた。上半身はタバコによる火傷《やけど》だらけだった。性的暴行ではないかと思われてた。朝の二時ごろ、法医学者の最初の報告がリークされたとき、それが確認された。

そして、その時間にも、だれも遺体を引き取っていなかった。身内のだれも。母親も、父親も、兄弟姉妹も、おじたちも、いとこたちも、近所の人たちも、知人たちも。だれ一人。

首を斬られた少年は、とテレビが言ってた、五歳から七歳のあいだ、生前、栄養不良であったため判断が難しい。

「見てみたい」とわたしはララに言った。

「ばか言うんじゃないの、首を斬られた子供を見せてくれるもんですか！　なんで見たいの？　あんた、気味悪いわよ。あんたはずっと、ちょっと変わり者で、ビレイエス通りのお館のぞっとするような女伯爵だったけど」

「あのね、ララ、わたし、知ってるように思うの」

「知ってるって、だれを、その子？」

ええ、とわたしは答え、泣き出した。酔っていたけど、汚い子が今は首を斬られた子だと確信してもいた。彼との出会いを、家の呼び鈴を鳴らした夜のことをララに話した。どうして面倒を見てやらなかったんだろう、どうしたら母親から取り上げられるか、どうして調べなかったんだろう、どうして風呂に入れてやらなかったんだろう！　古い、美しい、大きな浴槽があるけど、ほとんど使ってなくて、そこではひとりシャワーをさっと浴び、たまに水をたっぷり張って入浴を楽しむ。どうして、少なくとも、垢を落としてやらなかったんだろう？　そして、どうして子ガモとシャボン玉の吹き棒を買って、遊ばせてやらなかったのか、わからない。落ち着いて風呂に入れてやれたかもしれないし、そのあと、アイスクリームを食べに行ったかもしれない。そしてそう、遅い時間だったけど、町には、靴を売っている二十四時間営業の大型スーパーがある。一足買ってやれたかもしれない。どうして夜、あんな暗い道を、裸足で歩かせておいたんだろう？　母親のところに帰らせちゃいけなかったのかもしれない。彼女が瓶でわたしを脅したとき、警官を呼んで、刑務所に入れてもらい、わたしはあの子と一緒にいるか、彼を欲しがる家族と養子縁組をする手伝いをしなくちゃいけなかったのかもしれない。でもだめね。わたしは、彼が恩知らずだったことに腹を立てた。わたしを守らなかったから、あの母親から！　怯えている子に、中毒の母親の息子、通りで暮らす五歳の子に、腹を立てたのよ！

通りで暮らしてた、よね！　今は死んでる、首を斬られてるんだから。

ララは便器に吐いてるわたしを介抱してくれた。そしてそのあと、わたしの頭痛用の錠剤を買いに行った。わたしは吐いていた。酔って、怖がって、そして、理由はわからないけど駐車場で暴行され首を斬られたのは、彼だと、汚い子だと確信してもいたから。

「どうしてあんなことをしたんだろ、ララ」とわたしは、彼女のたくましい腕の中に体を丸めて、訊いた。またベッドで、二人とも朝のタバコをゆっくり喫っていた。

「お姫さま、殺されたのがあんたの言ってる子かどうか知らない。でも、時間になったら、検事局に行こ、そしたら落ち着くわ」

「ついてってくれる？」

「もちろん」

「でもどうして、ララ、どうしてあんなことされたんだろ？」

ララはベッドの横にある皿でタバコを消し、もう一杯ウイスキーをグラスについだ。コカ・コーラを混ぜ、指で氷をかき回した。

「あたしは、あんたの言ってる子じゃないと思う。殺されたその子を……。残酷に扱った。だれかに向けてのメッセージよ」

「麻薬の売人の復讐？」

「売人しかあんな殺し方しないわ」

わたしたちは黙り込んだ。わたしは怖かった。コンスティトゥシオンに売人がいる？　メキシコについての本を読んでたときにわたしを驚かせた連中みたいな？　橋からつり下げられた首のない十の死体、車から議会の階段に放り出された六つの首、共同墓地には七十三人の死者、その何人かが首を斬られ、何人かの腕がなかった。ララは黙ってタバコを喫い、目覚ましをかけた。わたしは、検事局に直接行って、汚い子について知ってることを残らず話すために欠勤することに決めた。


朝、まだ頭痛がしたけど、二人分、ララとわたしのコーヒーをいれた。彼女は、バスルームを使わせて、と言った。シャワーの音を聞き、彼女が少なくとも一時間はそこで過ごすつもりなのがわかった。またテレビをつけた。新聞には新しい情報はなかった。インターネットで見つけようとはしなかった。ネットは、とりわけ、噂《うわさ》とたわ言で沸き立っていそうだったから。

朝のニュース番組は、首を斬られた子を引き取りに一人の女性が現れた、と言った。ノラという女性で、生まれたばかりの子を抱き、数人の家族と一緒に死体保管所にやって来た。「生まれたばかりの子」と聞いて、心臓がどきんとした。そうならあの子は間違いなく汚い子だ。母親はそれよりまえに遺体を引き取りに来なかった——すごい偶然——なぜなら犯罪があった夜は出産の夜だったのだから。筋が通ってた。汚い子は、母親が出産しているあいだ、ひとりでいて、そして……。

じゃあ、なに？　メッセージなら、復讐なら、幾晩もわたしの家の前で寝ていたかわいそうな女、二十歳《はたち》ちょっとくらいのあの中毒女に向けられたものじゃない。もしかしたら父親に向けたもの、そうよ、父親。汚い子の父親はだれなんだろう？

でもそのときカメラが狂い、カメラマンたちは走り、記者たちは息を切らし、だれもが検事局から出てきた女性に押し寄せ、叫んだ。「ノラ、ノラ、だれがナチートにこんなことをしたと思いますか？」

「ナチョと言うんだ」とわたしはささやいた。

そして突然そこに、画面に、ノラがいた。泣きわめく姿がクローズアップされて。そして汚い子の母親じゃなかった。ぜんぜん違う女だった。三十くらいの女、もう白髪まじりで、浅黒い肌、とっても太っている。きっと妊娠で肉がついたんだ。汚い子の母親とはほぼ正反対だった。

なにを叫んでいるのかわからなかった。倒れかかった。だれかが後ろから支えていた。きっと、姉さん。チャンネルを変えてみたけど、どれもがその女性が叫んでいるところをとらえていた。やがて一人の警官がマイクと叫び声のあいだに割って入り、パトカーが現れて、彼女を連れ去った。ニュースはたくさんあった。便器に坐っているララにそれを話したが、彼女は、ひげをそり、メイクを整え、髪をアップにしてきちんとした髪型にしていた。

「イグナシオって言うの。だからナチートね。そして家族は、日曜日に彼がいなくなったことを届け出たんだけど、事件をテレビで見たとき、自分の息子だとは思わなかった。というのもその子、ナチートはカステラルで姿を消したから。家族はカステラルから来てるの」

「でもそれってとっても遠いわよ！　その子、どうやったらここで死ぬの？　ああ、お姫さま、なにもかも、ほんとひどいわね。あたしへの予約は全部キャンセルした、もう決めたの。こんなことがあったら髪なんか切ってられない」

「へそも縫われてたの」

「だれが、子供？」

「そう。耳をもぎとられたみたい」

「お姫さま、この地区じゃ、だあれも、もう寝ないわ、言っとくけど。ここじゃあ、あたしたちは犯罪者かもしんないけど、これは悪魔の仕業ね」

「みんな、そう言ってる。悪魔の仕業だ、って。いいえ、悪魔の仕業、じゃない。犠牲、聖ムエルテへのお供えだったと言ってる」

「幸いあれ、ポンバ・ジラ！　幸いあれ、マリア・パジィーリャ！」

「ゆうべ、その子がわたしに聖ムエルテのことを言った、とあなたに話したでしょ。彼じゃなかった、ララ、でも彼は知ってた」。ララはわたしの前にひざまずき、その大きな黒い目でわたしをじっと見つめた。

「お姫さま、あなたは、そのことはなんにも言っちゃだめ。なんにも。検事にもだれにも。ゆうべ、あたしはいかれてて、あなたを検事に会いに行かせようなんて考えた。まったくなんにも話さないで。あたしたちは、言っちゃあなんだけど、口が堅いの」

わたしは彼女の話に耳を傾けた。彼女の言うとおりだった。わたしは、言うことはなにも、話すことはなにもなかった。姿を消してしまった通りの子と夜歩いたことについてはほとんどなんにも。彼と同じようにストリートチルドレンはよく姿を消す。彼らの両親は地区を移り、彼らを連れていく。彼らは、泥棒や大通りでの車のフロントガラス拭き、ドラッグ・ミュール、そんな子供たちのグループに加わる。ドラッグを売るために彼らを使うときは、すぐに地区を替えないといけない。地下鉄の駅で寝起きする。ストリートチルドレンは決して一所にいない。しばらくいるかもしれないけど、いつも離れる。自分の両親からも逃げる。それとも離れる。というのも同情する遠くのおじさんが現れ、自分の家に、遠くに、南部の未舗装の通りにある家に連れていき、一部屋を五人の兄弟と共用させる。でも、少なくとも、屋根の下にいられる。母親と息子がいつか姿を消してしまうというのは、ぜんぜん珍しいことじゃなかった。首を斬られた子が見つかった駐車場は、汚い子とわたしがその晩歩き回ったところにはなかった。じゃあ、聖ムエルテのことは？　偶然。ララは、地区には聖ムエルテの信奉者がいっぱいいて、パラグアイ移民は全員、そしてコリエンテス州の人たちはその聖人の信者、でもだからといって彼らを殺し屋にしない、と言う。彼女はポンバ・ジラを信じてる。角がはえ三叉の槍を持って女悪魔みたいな様相だけど、でもそのことが彼女を悪魔のような殺し屋にする？

もちろんそんなことはない。

「二、三日、一緒にいてくれないかな、ララ」

「もちろんいいわよ、お姫さま、あたし、自分でお部屋の用意をするわ」

ララはわたしの家が大好きだった。大音量で音楽をかけるのが、ゆっくり階段を降りるのが好きだった。ターバンを巻いてタバコを手に、黒い妖婦となって、「あたし、ジョセフィン・ベーカーよ」と言う。そしてそのあと、ジョセフィン・ベーカーがどんな人かおぼろげに知っている、コンスティトゥシオンでたった一人の異性装者であることを嘆く。あんたは、水道管みたいに空っぽでなんにも知らない新しい女の子たちがどんなに粗暴か見当がつかないでしょうね。どんどんひどくなってる。どうしようもない。

わたしは、犯罪のまえみたいに自信をもってその地区を歩くことができなかった。ナチートの殺害はそのコンスティトゥシオン地域ではほぼ麻酔効果をおよぼした。夜間、喧嘩の声は聞こえないし、売人たちは数ブロック南に移ってしまった。死体が見つかった場所を監視する警官が多すぎた。新聞や刑事たちは、犯罪現場ではない、と言ってた。だれかが、死んだあと古い駐車場に置いたのだった。

汚い子とその母親がいつも寝ていた角に、近所の人たちは、首斬られ坊《デゴジャディート》や、そう呼んでる子のために供養台を作った。そして「ナチートのために正義を」と書いてある写真を置いた。

善意のものであるのは明らかなのに、刑事たちは地区が受けたショックをまったく信じてなかった。それどころか、だれかをかばっていると考えてた。だからこそ、検事は多くの隣人たちを尋問するよう命じた。

わたしも供述するよう呼ばれた。やけを起こさせないよう、ララには知らせなかった。彼女には通知書が届いてなかった。とっても短い面談で、役に立ちそうなことはなんにも言わなかった。

その晩は、ぐっすり寝てました。

いいえ、なんにも聞きませんでした。

ええ、地区にはストリートチルドレンが何人かいます。

ナチートの写真をわたしに見せた。見たことない、と言った。嘘じゃなかった。地区の子供たちとはまったく違っていた。髪をきれいにといて、えくぼのある、ぽっちゃりした子。コンスティトゥシオンではこんな（それに頬笑《ほほえ》んでる！）子は見たことなかった。

いいえ、通りでもどこかの家でも、黒魔術の祭壇を見たことはありません。ガウチート・ヒルのだけです。セバージョス通りで。

ガウチート・ヒルが首を斬られて死んだということを知ってるか、ですか？　ええ、だれもがその伝説を知ってます。わたしはガウチートとは関係ないと思いますが、みなさんは、関係あると？

いいえ、もちろん、みなさんはなんにも答えなくてもいいんですね。ええと、ともかく、わたしは信じません、でも儀式についてはなんにも知りません。

グラフィック・デザイナーとして働いてます。ある新聞のために。「モードと女性」という別冊付録です。どうしてコンスティトゥシオンに住んでるか、ですか？　わたしの家族の家で、美しい家なんです。地区に行ったら見られます。

ええ、なにか耳にしたら知らせます、もちろん。ええ、みんなと同じように、なかなか寝られないんです。わたしたち、とってもびくついてるんです。

わたしを疑ってないのは明らかだったけど、彼らは近所の人たちと話さなくてはならなかった。地下鉄を使うと五ブロック歩かなくてはならないので、それを避けるために、バスで家に帰った。犯罪があってから、汚い子に会いたくなくて、地下鉄を使わないようにしていた。でも、取り憑かれたように、病的に、また彼に会いたかった。写真があるのに、証拠があるのに――死体の写真さえあったけど、それは、ある新聞があらぬ騒ぎを引き起こし人々の恐怖をあおるために公開し、首を斬られた子が第一面に載った何版かを売り切れにした写真だった――、わたしは、汚い子が死んだ子だと信じ続けていた。

それとも、次の死者になる、と。合理的な考えじゃなかった。数時間かかる仕事だけど、また毛先をピンクに染めてもらうことにした午後、それを美容院でララに言った。ララの美容院で順番待ちしなくてはならないときと違って、今はだれも雑誌をめくっていなかったし、爪を塗ってもいなかったし、メールを送ってもいなかった。今はデゴジャディートの話しかしていなかった。慎重になって黙っている時期が終わったけど、わたしはまだ、特にだれかが容疑者の名を口にするのを耳にしていなかった。サリータは、チャコの自分の村で似たようなことがあった、でも女の子だった、と言った。

「その子も、頭を横に置かれて見つかったの、そしてひどく暴行されてて、かわいそうな子、うんこまみれだった」

「サリータ、お願い、頼むから」とララが言った。

「でもそうだったんだけど、なにを話してもらいたいの？　こんなことは魔法使いたちの仕業よ」

「警察は売人だと思ってる」とわたしは言った。

「魔法使いの売人でいっぱいよ」とサリータは言った。「あそこ、チャコがどんなとこか、あんたは知らない。庇護を求めて儀式をする。だから首を斬り落として、死体の左側に置いた。そうした捧げ物をしたら、頭にはパワーがあるから、警察に捕まらないと思ってる。売人というだけじゃなくて、女の売買もしてる」

「でも、ここ、コンスティトゥシオンにいるように思う？」

「どこにでもいるわ」とサリータは言った。

汚い子の夢を見た。わたしはバルコニーに出ていて、彼は通りの真ん中にいた。わたしはトラックが猛スピードで来るので動くよう手で合図を送った。でも汚い子は上のほうを、わたしを、バルコニーを見続けていた。頬笑んで、ひどく汚れた小さな歯を見せて。するとトラックが彼を轢《ひ》いた。わたしは、車輪が彼のお腹をまるでサッカー・ボールみたいに破裂させ、角まで内臓を引きずっていくのを見ずにはいられなかった。通りの真ん中には、まだ頬笑み、目を開けている汚い子の頭が残っていた。

汗にまみれ、震えながら目覚めた。通りからは眠気を誘うクンビアが聞こえてくる。少しずつ地区の物音がもどってきた。酔っ払いたちの喧嘩、音楽、騒音を立てるためにマフラーを外した、若者たちのお気に入りのオートバイ。捜査は箝口令《かんこうれい》が敷かれていた。言い方を変えればまったく見通しが立たなかった。わたしは何度か母に会いに行った。引っ越しておいで、しばらくでいいから、と言われて、嫌、と答えた。いかれてる、とわたしを非難した。わたしたちは声を張り上げて口論した。そんなことしたことがなかったのに。

その夜、遅く帰った。仕事のあと、同僚の誕生日パーティに出かけたから。夏の終わりごろの夜だった。バスで帰り、地区をひとりで歩くために、いつもの停留所より前で降りた。帰り道での動き方はもうわかっていた。動き方がわかっていれば、コンスティトゥシオンはかなり気楽だ。タバコを喫い続けていた。そのとき彼女を見た。

汚い子の母親は痩せてた。いつも痩せてた。妊娠中でさえ。後ろからだと、だれも彼女のお腹のことは見抜けなかっただろう。ヤク中に典型的な体つきで腰は、赤ん坊のための場所を残したくないかのように、細いまま。からだは脂肪を作らず、腿《もも》は太くならない。九か月なのに、脚はバスケットボールを支える折れそうな二本の棒で、バスケットボールを飲み込んだ女。今は大きなお腹もなく、汚い子の母親はいつになく若い女の子のように見えた。木にもたれて、街灯の下でパイプのパコに火をつけようとしていた。警察を——デゴジャディートの事件のあと、その地区をいっそう巡回していた——気にせずに、またほかのヤク中のこともなんにも。

わたしはゆっくり彼女に近づいた。わたしを見たとき、その目はすぐにわたしだとわかった。

すぐに！　その目が小さくなった、小さくなった。彼女は逃げ出そうとした。でもなにかが引き留めた。たぶん、めまい。彼女がそうして数秒ためらったおかげで、わたしは、彼女の行く手を阻み、その前に立って、話させることができた。彼女を木に押しつけ、そのまま動けなくした。彼女には抵抗するだけの力がなかった。

「子供はどこ？」

「子供って、なんだよ？　放せよ」

わたしたちは小さな声で話した。

「あなたの子供。わたしの言ってること、よくわかってるでしょ」

汚い子の母親は口を開いた。その空腹時の口臭にむかむかした。陽《ひ》なたの果物みたいに甘くて腐ったような、ドラッグの薬物臭とあの焦げた悪臭が混じったような臭い。ヤク中は燃えるゴムの、有毒な工場の、汚染水の、薬物死の臭いがする。

「あたしには、子供なんかいないよ」

わたしは木にもっと押しつけた。首をつかんだ。痛みを感じてるかどうかわからないけど、その首に爪を立てた。たぶん、数時間のあいだ、わたしのことを思い出しそうになかった。わたしも警察は怖くなかった。それに、警察は女同士の喧嘩をそれほど心配しそうにない。

「ほんとのこと言いなさい。ちょっとまえまで妊娠してたでしょ」

汚い子の母親は、ライターでわたしを焼こうとしたけど、彼女のしようとすることが見てとれた。痩せた手がわたしの髪に炎を近づけようとしている。いけすかない女がわたしを焼こうとしている。その手を力いっぱい握りしめたので、ライターは歩道に落ちた。彼女は抵抗するのをやめた。

「**あたしには、子供なんかいないよ！**」とわたしに向かって叫んだが、そのすごく太い、嫌な声の響きがわたしを目覚めさせた。いったいわたし、なにしてるんだろ？　自分の家の前で死にかけの若い子の首を絞めてる？　たぶん母さんの言うとおりだ。たぶん引っ越さなくちゃいけない。たぶん、母さんが言ったように、家に取り憑かれてるんだ。離れて暮らす生活を送らせてくれるから、そこにはだれも訪ねてこないから、鬱《うつ》になっててロマンチックなお話をでっちあげているから、本当は糞《くそ》、糞、糞みたいな地区に対して、そう母さんは叫んだ。そしてわたしは二度と母さんとは話さないと誓ったけど、今は、ヤク中の若い子の首を両手で絞めてる。母さんの言い分にはもっともなところがあると思った。

わたしは、お城に住むお姫さまじゃなくて、塔に閉じ込められた気狂い女だった。

ヤク中の子はわたしの手から逃れ、駆け出した、ゆっくりと。まだ少し息が詰まっていた。でもブロックの半ばまで行くと、ちょうど街灯が照らしているところで、振り返った。笑っていた。その明かりで、歯ぐきから血が出ているのが見えた。

「やったんだよ！」と彼女は叫んだ。

その叫び声はわたしに向けたものだった。わたしの目を見つめていた。あの見覚えのある恐ろしい目で。そしてそのあと、空になったお腹を両手でなで、はっきり大きな声で言った。

「それにこれもやったんだ。二人をやるって約束したんだ」

彼女めがけて走ったが、彼女は足が速かった。それとも突然速くなったのかはわからない。彼女は猫のようにガライ広場を横切った。わたしは追うことができたが、大通りで車が動き始めたとき、彼女はうまく車をかわして渡ったのに、わたしにはそれができなかった。もう息が上がっていた。脚が震えていた。だれかが近寄り、あの子になにか盗まれたのか、と訊いたので、追いかけてくれるのを期待して、ええ、と答えた。でも違った。大丈夫かどうか、タクシーに乗りたいかどうか、なにを盗まれたのか、訊いただけだった。

タクシーを、お願い、とわたしは言った。一台を停め、家まで、五ブロック先でしかないけど、乗せてくれるよう頼んだ。運転手はこぼさなかった。この地区ではそうした短い距離の乗車に慣れていた。それとも、たぶん、文句を言う気にならなかったのか。遅かった。たぶん自宅にもどるまえの最後の移動だった。

玄関のドアを閉めたとき、涼しい部屋、木の階段、内庭、古いタイル、高い天井にほっとしなかった。電気をつけると、電球が瞬いた。切れる、と思った。暗闇にいることになる。でも結局、安定した。低電圧の、古くて黄色っぽい光を放っていたけど。ドアに背をつけて、床に腰をおろした。汚い子のべとつく手が軽くたたたく音か、彼の頭が階段を転がる音を待っていた。また汚い子が中に入れてくれるよう頼むのを待っていた。

オステリア

タバコの煙にむかむかしていた。母親が車でタバコを喫うと、いつもそうなった。しかし母親の機嫌がひどく悪かったので、消して、とは言えなかった。母親は不満に鼻を鳴らしていた。煙が鼻から出てきて、フロレンシアの目に入る。後ろの座席では、妹のラリが耳に突っ込んだイヤフォンで音楽を聴いている。だれも話さなかった。フロレンシアは、車の窓からロス・サウセスの邸宅群を見つめ、トンネルやダム、色づいた小山を心待ちにしていた。年に数回しか見ないが、サナガスタの別荘に向かうたび、その風景に飽きることはなかった。

今度の旅行は違っていた。好きで来ているのではなかった。父親が彼女たちをラ・リオハから追い払ったも同然だった。前夜、フロレンシアは言い争うのを耳にした。そして朝には決まっていた。選挙期日まで、父親が州都の市議会議員選挙の運動中は、彼女たちはサナガスタに行くことになる。問題はラリだった。週末はいつも外出し、酔っ払い、彼氏が大勢いた。ラリは十五歳で、ストレートの黒い髪はウエストの下まであった。美しかった。化粧をもっと薄くし、爪をのばして色をつけるのをやめ、ハイヒールで歩けるようにしなくてはならないが。フロレンシアは彼女が新しいブーツをはいているのを見た。ひどい内股でゆっくり、ひどく注意して歩いている姿を見て笑った。瞼《まぶた》に使っている青いシャドーは滑稽《こっけい》に思え、真珠のイヤリングはどうにもひどかった。しかし、彼女が男性に好かれるのも、そして父親が選挙戦のあいだ、ラ・リオハをうろつかせたくないことも理解していた。フロレンシアは放課後、何度か殴り合いまでして、妹を守らなくてはならなかった。あんたの妹は売女《ばいた》、尻軽、フェラ好き、しゃぶり魔、もうアナルやなんかはやらせたんでしょ。ラリをののしるのはきまって女の子たちだった。あるとき、彼女は、広場で喧嘩《けんか》して唇を切って帰宅した。そしてバスルームで洗い、両親に言う嘘《うそ》を考えているあいだ――バレーボールの練習中、ボールが顔に当たったの――自分がばかみたいに思えた。彼女の妹は守ってくれたことを一度も感謝しなかった。実際、彼女と決して話をしなかった。自分のことをどう言われようと気にしてなかった。フロレンシアが自分のために戦ってくれるのはどうでもいいことだった。フロレンシアのことはどうでもよかった。部屋で服を試着したり、くだらない音楽、愚《ぐ》にもつかないラブ・ソングを聴いたりして過ごしていた。「きみはぼくが来るのを見る、ぼくの歌を聞く、ぼくに鍵を求めずに中に入る、距離と時は、ぼくの心にどれほどきみが必要なのか知らない」。一日中、同じ歌。だれもが彼女を殺したくなる。フロレンシアは妹が好きではなかったが、彼女が売女扱いされると怒らずにいられなかった。だれかが売女扱いされるのが嫌いで、そんなことがあれば彼女はだれのためであれ戦っただろう。

　フロレンシアはだれからも売女扱いされたことがなかった。それはよくわかっていた。彼女は、ダム、そして、丘の一部がえぐれ落ちて血の滝が干上がったようなポジェーラ・デ・ラ・ヒターナをよく見るために、車の窓を開けた。ほとんど湿り気のない空気が口を満たした。彼女は、レズ、怪物、病人などと言われそうだった。

ママ、音楽かけてくんない？　電池、なくなっちゃったの、とラリが言った。

いらつかせないで、頭が割れるように痛いし、運転しなくちゃいけないし。

ほんと、つまんない人ね。

お黙り、ラリ、じゃないとひっぱたくわよ。

いったいどうなるんだろ、とフロレンシアは思った。彼女の母親はサナガスタが好きではなかった。ラ・リオハの多くの人たちと同じように、彼女は、夏、州都の暑さが五十度になると、そして昼寝のときに寝られず、死んでしまいたくなると、その町に出かけた。彼女はいつもウスパジャータか海の話をしていた。サナガスタにはうんざりしていた。レストランはない、人は閉鎖的で付き合いにくい、民芸品市場では品物が替わったためしがない、置き場所が替わりさえしない！　幼き聖母の行列、いたるところにある洞窟《どうくつ》、町には三つの教会があり、コーヒーが飲めるバルが一軒もないことにうんざりしていた。コーヒーは小さなホテル《オステリア》で飲める、とだれかに言われてもひどく腹が立った。オステリアにうんざりしていた。信用できない、思いあがった女のように思える所有者のエレーナの親切に。唯一の楽しみがオステリアで夕食にオーブンで焼いた鶏を食べ、オステリアのカジノでルーレットやスロット・マシーンで遊び、オステリアでヨーロッパからの観光客と知り合うことであることにうんざりしていた。幸い、と彼女はよく口にした、家にはプールがあるわ、オステリアのを使わないといけないんだったら、気が変になる。町には網焼きレストランが一軒もない、と彼女はこぼしていた。網焼きレストランが一軒も。

彼女たちは、午後の最初のバスと同時刻、六時半近くにサナガスタに着いた。太陽は、すでに低くなって、丘の色を変えていたが、谷の木々の緑は落ち着いたモス・グリーンだった。ラリは泣いていた。サナガスタが大嫌いで、ひどく腹を立てていて、学校を卒業したら、彼氏の一人が住むコルドバに逃げ出そうと考えていた……。フロレンシアは、ラリが友だちに電話しているとき、その逃亡計画を耳にしたのだった。

家はかなり涼しく、彼女の母親は、寒がりなので、ストーブをつけた。フロレンシアは庭に出た。彼女の家族の別荘はかなり小さかった。なぜなら彼女の父親がプールや木々のためにとても広い土地を、犬たちを走らせ、東屋《あずまや》を建て、花を植えるためにとても広い場所があるほうを選んだからだ。彼女の父親は花が大好きだった。サボテンのほうが好きな彼女の母親よりも。フロレンシアはハンモック・チェアーに坐って、色を識別しはじめた。花々のオレンジと赤紫、プールの青緑、サボテンの緑、家のピンク。彼女はサナガスタに住んでいる親友のロシオにメールを送った。「もう着いた、会いに来て」。二人には話すことがいっぱいあった。ロシオは、自分の家にも問題があることを、前もってメールに書いていた。つまり、父親に問題があった。なぜならロシオの家族は最小だったから。母親は亡くなっており、兄弟姉妹はいなかった。ロシオは、キオスクで会お、もう開いてる、とメールを送ってきた。フロレンシアは、だれにも言わずに、コカ・コーラを飲むくらいの小銭をポケットに入れて駆け出した。サナガスタで気に入っていることの一つは、両親を怒らせることも驚かせることもなく、何も言わずに外出できることだった。

空気はなにかが燃える臭いがしていた。たぶん落葉の焚火《たきび》。一日の中でいちばんきれいな時だった。ロシオは、夜にはサンドイッチとエンパナーダを出すキオスクのプラスチックの椅子の一つに腰かけて、彼女を待っていた。フレイドヘムの短いジーンズ、白いTシャツ、髪は束ねていず、テーブルの下にリュックサック。フロレンシアは彼女にキスして坐ったが、彼女の脚を見ずにはいられなかった。金色の和毛《にこげ》が夕暮れの光を受けて、こぼれたヘアリキッドみたいだった。二人は二リットルのコカ・コーラを注文した。フロレンシアはなにもかも知りたかった。

何年もまえから、ロシオの父親はオステリアで観光ガイドとして働いていた。宿泊客たちを考古学公園やダム、サラマンカ洞窟に連れて行っていた。彼は上司たちお気に入りの従業員だった。自分のバンが故障すると、雇い主であるエレーナの四駆を使い、好きなときにレストランでただで食事をした。プールとテーブル・サッカーを無料で使い、村ではエレーナの愛人と噂《うわさ》されていた。ロシオはそれを否定した。パパはオステリアの持ち主と付き合ってない、あんな高慢ちき、と言った。フロレンシアは、ロシオや彼女の父親と一緒に、観光ルートを全部訪ねていた。彼は、感じのいい、気配りのできる、素晴らしいガイドだった。とても面白い人物なので、ひどい陽射しの下で丘を登っていても、だれも疲れを感じなかった。

エレーナがあなたのお父さんを首にしたなんて思えない。なにがあったの？

ロシオは、茶色いひげのように上唇についていたコカ・コーラをぬぐった。

状況がかなり悪くなってたの、と彼女は言った。エレーナはお金の問題を抱えてたし、ヒステリックになってた、でも、パパがブエノスアイレスからの数人の観光客に、オステリアは、ホテルになるまえ、三十年まえは警察学校だった、と話したとき、なにもかも台なしになっちゃった。でもあなたのお父さん、ツアーで村の歴史を話すとき、いつもその話をしてるじゃない、とフロレンシアは言った。

そう、でもエレーナは知らなかった。その観光客たちは、その話にとっても興味をもって、もっと知りたがって、直接エレーナに訊いたの。彼女はそのとき、パパが警察学校の話をしてるのを知った。二人は言い争い、そして彼女が首にした。

どうしてそんなに腹を立てたの？

観光客たちに悪い印象をもってもらいたくなかったんだ、とパパは言った。独裁期の警察学校だったから。学校でそのことを勉強したけど、覚えてる？

なにを？　そこで人々が殺されたの？

パパは、違う、と言ってる。エレーナは偏執症なんだ、そこは単なる警察学校でしかなかったって。

独裁期の警察学校のことはエレーナの口実で、彼女はそんな過去の話、ぜんぜん気にしちゃいない、十年まえにオステリアを買ってたんだから、とロシオは言った。パパに腹を立てってて首にしたがってた、だからそれを口実にした。経営がうまくいってなくて、従業員を首にしないといけなかった。エレーナはパパからオステリアの鍵を取り上げ、パパが壊してもいないバンのどこかを修理するために数ペソ要求した、使ってたから傷んだだけなのに、そして裁判にするからと脅して自分でツアーをするのを禁じた、そのうえ仕事した最後の月の給料は払わないまま。

でも、お父さん、これまでどおりツアーはできるわ。関係ないでしょ。

もうツアーをするつもりはない、問題を起こしたくない。それに、サナガスタの連中にはうんざりしてる、ここから出て行きたい、と言ってる。

ロシオはコカ・コーラを飲み終えると、キオスクの犬を呼んだ。すぐに近づいたが、食べ物をもらえず撫《な》でられてがっかりしているようだった。

あたしは出て行きたくない、ここが好き、あなたや女の子たちと、ラ・リオハの学校に通いたい。

フロレンシアは身をかがめて犬の耳を撫でた。犬は運試しに彼女に近づいていた。おかげで顔を少し隠すことができた。泣きそうになっているのをロシオに見られたくなかった。彼女がサナガスタから出て行くなら、彼女と一緒に逃げ出そう、それで構わなかった。だがそのとき、これ以上ない、人生で耳にした最高のニュースを耳にした。

残ろうよ、とあたしは言ったの、頼んだの、するとパパは、サナガスタからは出て行く、でもラ・リオハに行くだけだ、と言った。もうそこの観光局の事務方と仕事のことで話してた、最高でしょ？

フロレンシアは唇をきゅっと結び、そのあと、すごい、と言った。感動を飲み込むために、コカ・コーラを飲み終えた。バラの広場に行こ、とロシオが言った、つぼみが開いたの、花がどれくらいきれいか、知らないでしょ。

犬は彼女たちについていった。そして瓶の中のコカ・コーラの残りも。もう夜になりかけていた。サナガスタの中心部の通りは、どこもアスファルト舗装され、輝いていた。何軒かの家の窓の向こうに、人が集まっているのが、たくさんの女たちがロサリオのお祈りをしているのが見えた。フロレンシアはそうした集まりが少し怖かった。とりわけ、ろうそくに火がともり、またたく輝きが顔や閉じた目を照らしだしているときには。葬式のように見える。彼女の家族はだれも祈らなかった。その点で、彼らはとても変わっていた。

ロシオは、ベンチの一つに坐ると、ようやく話した。フロール、さあ、あなたに話せるわ、あのキオスクじゃ、だめ、聞かれてるかもしれないし。手伝ってもらわないといけないことがあるんだ。

なにを？

だめ、手伝うって、まず言って、約束して。

いいわ。

それじゃあ、今、見せてあげる。

ロシオは、浜辺まで背負ってきたリュックを開けて、中身を見せた。街灯の光の下で、フロレンシアはびっくりして飛び上がった。その肉は死んだ動物、人間の体の断片、不気味なもののように見えた。だが違った。腸詰《ちょうづめ》だった。緊張をほぐすため、そしてパニックになったのをロシオに笑われないようにするため、彼女は、なにをしてもらいたいの、と言った。バーベキューの手伝い？

いいえ、ばかね、これでエレーナに嫌がらせをするの。

それからロシオは自分の計画を説明したが、その目からはエレーナを恨んでいることが見てとれた。エレーナが父親の恋人だったのを知っていた、それが見てとれた。二人が警察学校のことで言い争ったことを、だが本当の問題は別にあったことを知っていた。しかし、彼女はそれを認めなかった。ただそれは、エレーナについて話す、その話しぶりではっきりするだけだった。エレーナが恥ずかしい思いをしているところを想像するとき嬉しさに声が震えていたからだ。エレーナをこらしめ、自分の母親を守りたがっていることははっきりしていた。フロレンシアは気を集中した。本当になにかを望むのなら、それをかなえることができる、とあるとき人に言われたことがあった。そして彼女は、ロシオに自分を信用し、打ち明けてもらいたかった。そうしてくれれば、本当に大の親友になれる。だがロシオはそうしなかった。フロレンシアは、夕食後、ランタンを持って、オステリアの裏側に集まることを受け入れるしかなかった。

プールから入ることができた。そこはいつも開いていた。それに、サナガスタではだれもドアに鍵をかけない。オステリアはシーズン・オフだった。そのためプールの庭を蹄鉄のように取り囲んでいる大きな建物全体が閉まっていた。通りに面している前の建物が使われているだけだった。二つの建物を隔てているのはカジノで、真ん中にあった。だれかが特別なイベントのために借りない限り、そこもその時期は閉まっていた。オステリアの形は奇妙で、実際、兵舎にひどく似ていた。

　フロレンシアとロシオは、音を立てないよう、裸足《はだし》で中に入った。鍵はあった。ロシオの父親が裏口のを一揃い、それに部屋のマスターキーのスペアを持っていたからだ。たぶん返すつもりだったのに、口論で激昂して忘れてしまった、とロシオは考えていた。その鍵を見たとたん、彼女は思いついたのだった。夜、管理人がかなり遠くにある、前の建物の部屋で寝ているとき、オステリアに入る。いくつかの部屋に入って、マットレス——フォームラバーでできていて、切るのに鋭利なナイフさえいらない——に穴を開け、その一つひとつに腸詰を入れ、またベッドメイキングする。二か月のあいだに、腐敗する肉の臭いは耐え難いものになり、うまくいけば、その悪臭のもとを見つけるのにずいぶん時間がかかることになる。フロレンシアはその計画のあくどさにびっくりしたが、ロシオは、映画でやり方を見たの、と言った。

　入口を開けたとたん、オステリアの番犬の一匹、いちばんの見張りである黒《ネグロ》が現れた。しかしネグロはロシオを知っていて、彼女の手をなめた。いっそう落ち着かせるために、彼女が腸詰の一つをやると、ネグロはサボテンのそばで食べるために行ってしまった。二人は問題なく中に入った。廊下はとても暗く、フロレンシアはランタンをつけたとき、すさまじい恐怖を感じた。きっと自分たちのほうにどんどん近づいてくる白い顔を照らし出すのでは、それとも光の束が片隅に隠れている人の足を捉えるのではと彼女は思った。しかしなにもなかった。あったのは部屋のドア、いくつかの椅子、トイレを示す貼り紙、インターネット用の小さな部屋、その中の消えたコンピュータと以前のチャヤ祭の写真のパネルが何枚か。オステリアはチャヤ祭の時期はいつも満員になり、庭ではチャヤ祭の催し物が開かれていた。

ロシオは、急ぐよう、彼女に合図した。彼女、暗いとこだと、かわいい、とフロレンシアは思った。ポニーテールの髪、サナガスタの夜はいつも寒いから黒いプルオーバー。空っぽの建物の静寂の中、彼女の興奮した息遣《いきづか》いが聞こえた。あたし、緊張してる、とロシオが耳元でささやき、ランタンを持っていないフロレンシアの手を自分の胸に当てた。心臓がドキンドキンしてるのわかるでしょ。その温《ぬく》もりに手を押しつけたままにさせているうちに、フロレンシアは、おしっこがしたいような、臍《へそ》の下を蟻《あり》がはっているような、妙な感じがした。ロシオは彼女の手を放し、部屋の一つに入ったが、フロレンシアにはその感じが残り、光が震えていたので両手でランタンをつかまなくてはならなかった。

持ってきた包丁でマットレスを切るのは、ロシオが予言したように、簡単だった。その穴から腸詰を中に入れることも苦労しなかった。横から包丁の切り口が見えたが、二人でもう一度シーツをかけると、トリックは完璧になった。だれもマットレスが肉を隠していることに気づきそうになかった。少なくとも、すぐには。彼女たちはさらに二つの部屋でも同じことをしたが、フロレンシアは、怖くなり始めていて、まだ続けるの、もういいでしょ、と言った。だめ、腸詰が六つ残ってる、やろうよ、とロシオは言い、フロレンシアは彼女の後に続くしかなかった。

二人は通りに面している部屋に入った。外からランタンの光が見られないよう、とても注意しなくてはならなかった。外側に向いているブラインドはきちんと閉まっていず、街灯の明かりが少し入ってきてさえいたからだ。そんな時間、サナガスタではだれも歩いていないのだが、わかったものではなかった。それに、だれかが、オステリアに泥棒がいると思い、二人に発砲したら？　何があってもおかしくなかった。二人はマットレスを切り、腸詰を入れ、難なくベッドメイキングをすることができた。

ああ、疲れた、とロシオが言った。少し、横になろ。

どうかしてるわ。

大丈夫、さあ、休憩しよ。

しかし、きちんとしたばかりのダブルベッドで二人が横になろうとしたとき、外から物音が聞こえ、びっくりして二人は身をかがめた。思いがけない、ありえないことだった。車かバンのエンジン音、その音量はあまりに大きく、本物ではありえないくらいで、録音に違いなかった。そのあと、もう一つ別のエンジン音、そしてそのとき、だれかが金属のようなものでブラインドをたたき始める。二人は暗闇で抱き合って悲鳴を上げた。エンジン音や窓をたたく音にオステリアのまわりを走る多くの足音、男たちの叫び声が加わったからだ。そして走っていた人たちは今や窓という窓やブラインドをたたき、トラックかバンか車かのヘッドライトで彼女たちのいる部屋を照らしていた。ブラインドの隙間からヘッドライトを見ることができた。車は庭に乗り上げていて、足は走り続け、手はたたきつづけ、金属のようなものもたたきつづけ、男の叫び声、たくさんの人の叫び声が聞こえた。「行くぞ、行くぞ」とだれかが言った。ガラスの割れる音が聞こえ、もっと多くの叫び声が聞こえる。フロレンシアは漏らしたと思った。我慢できなかった。我慢できなかったし、怖くて息ができず、悲鳴を上げ続けることもできなかった。

車のヘッドライトは消え、部屋のドアが大きく開いた。

女の子たちは立ち上がろうとしたが、震えすぎていた。フロレンシアは、気を失うのでは、と思った。ロシオの肩に顔を隠し、痛みを与えるくらいきつく抱きしめた。二人、入ってきた。一人が電気をつけた。オステリアの持ち主のエレーナと、夜間そこを管理している女の従業員であることがどうにかわかった。エレーナは、二人がだれだかわかると、ここでなにしてるの、と言った。そして従業員は手にしていた銃を下ろした。エレーナは、腹を立てて、二人の肩をつかんで立たせたが、女の子たちがひどく怯えていることに気づいた。まるで殺されるかのように二人が悲鳴を上げるのを耳にしていた。その悲鳴が、彼女たちがそこにいることをばらしてしまった。女の子たちはエレーナを怖がっていなかった。何か他のことが起きたのだが、エレーナにはそれがなにか、思いつかなかった。そして、問いただそうとすると、彼女たちは泣くか、訊くかした。あれはオステリアの警報だったの、あの騒ぎはなんなの、たたいてた連中はだれ。どんな警報、とエレーナは何度か訊いた、どんな連中のことを言ってるの。だが女の子たちはわかっていないようだった。二人のうちの一人、ラ・リオハ市議会議員選挙の候補者である弁護士の娘は、漏らしていた。マリオの娘は腸詰を入れたリュックを持っていた。いったいこれはどういうこと。どうしてあんなふうに、それもあんなに長いこと、悲鳴を上げてたの。従業員のテルマは、二人が五分くらい泣きわめいているのを聞いたんです、と言った。

最初に、ずっと落ち着いて話したのはマリオの娘だった。車の音を聞いた、ヘッドライトを見た、と言った。走る音や窓をたたく音の話をもう一度した。エレーナは怒った。この小娘は嘘をついてる、オステリアをつぶすために幽霊話をでっち上げてる、マリオがつぶそうとしたみたいに、マリオみたいに逆らってる、きっと彼の命令。エレーナはそれ以上聞きたくなかった、弁護士の妻とマリオに電話をかけ、オステリアで女の子たちを見つけたことを話し、迎えに来るよう頼んだ。今回は警察は呼ばない、とエレーナは彼らに言った、でも、またこんなことになったら、警察行きよ。

ロシオとフロレンシアは抱き合っていたが、彼らが迎えに来たとき、ぱっと離れた。明日、電話する、と二人はたがいに言った。これはみんな本当のこと、エレーナはわたしたちにそなえて警報をセットしたのよ、違う、警報じゃないわ。二人はささやき合っていて、説明を、その夜にはできそうにない説明を求める自分の親たちの怒りに耳を貸していなかった。フロレンシアの母親は、小便で濡れた娘のパンツを、心配げな顔で、黙って換えた。明日、なにもかも話すのよ、と彼女は言った。怒っているふりをし続けるのはたいへんだった。娘が少し怖がっているのが見てとれたから。ああ、それと、もう友だちと会っちゃだめ、いいわね。あなたのお父さんがラ・リオハにもどりなさいと言うまで、ずっと家にいるの。罰よ、文句は言わせない。なんてばかな子たち、いったい、だれのせいでわたしがこんな目にあわなきゃいけないの。

フロレンシアは、ほぼ顔が隠れるくらい、毛布を引き上げ、二度とナイトテーブルの明かりを消さない決心をした。ロシオに会ってはいけないという脅しは気にしていなかった。携帯を持っているし、とても信用がある。それに、母親が歩み寄ることがわかっていた。今は眠ることのほうがはるかに心配だった。走る男たち、車、ヘッドライトが怖かった。どんな人たちだったんだろう、どこへ行ったんだろう？　そして、いつかまた、わたしを探しに来たら？　そして、ラ・リオハまで追ってきたら？　彼女の部屋のドアは少し開いており、汗をかき始めたとき、だれかが廊下で動いているのがわかったが、妹だけだった。

どうしたの？

べつに、放っといて。

ちびったでしょ。なにかあったんだ。

放っといて。

ラリは口をとがらせ、その後、頰笑《ほほえ》んだ。

すぐにわたしに話すわよ、他にどうしようもないから、一週間、こんな糞《くそ》みたいな家であたしとくすぶってんだから。友だちのことは忘れるのね。

くたばれ。

くたばるのは、あんた。それにあたしに話したほうがいいわよ、そうじゃないと……。

そうじゃないと、なんなの。

そうじゃないと、あんたがレズだってこと、ママに話すわ。ママ以外、みんな気づいてる。あんたは友だちといちゃついてたとこをつかまったんでしょ？

ラリは笑い、フロレンシアを指さし、そしてドアを閉めた。

酔いしれた歳月

一九八九

その夏、順番で六時間続けて電気が切れた。政府の指図だった。国にはもうエネルギーがなかったからだけど、それがどういうことなのか、あたしたちにはよくわからなかった。公共事業省の大臣は、キャンプみたいに、ランタンでわずかに照らし出された部屋で一般化している停電を防ぐため必要な対策を発表した、とあたしたちの両親は言った。そう繰り返した。一般化してる停電って、いったいなに？　あたしたちはいつまでも暗闇の中にいることになる、と言いたいの？　そんなことになるかもしれないなんて、信じられなかった、ばかげてた、ばかばかしかった。大人たちは役立たず、とあたしたちは思ってた。母親たちは台所で泣いてた。お金がないから、電気がないから、家賃が払えないから、インフレが給料を削ってパンと安い肉しか買えないくらいにしたから、でもあたしたちは、母親たちをかわいそうと思わなかった。事態が電力不足と同じくらいばかげてて、ばかばかしいものに思えた。

一方、あたしたちにはバンがあった。アンドレアの彼氏の車だ。彼女はあたしたちのなかでいちばんの美人で、ジーンズを切ってすばらしいカットオフ・デニムを作ることができ、母親からくすねたお金で買ったレースのトップスを着ていた。彼氏の名はどうでもいいけど、彼はバンを持ってて、週日は商品を配達するのに使ってた、でも週末はすっかりあたしたちのものだった。あたしたちはパラグアイから運び込まれた有毒のマリファナを喫った。それは、乾いているときはおしっこと農薬の臭いがしたけど、安くて効き目があった。三人で回して喫って、そのあと、もう完全にいかれたとき、そのバンの後ろに乗った。そこは窓もライトもぜんぜんなかった。なぜって、人間が乗るためじゃなくて、ヒヨコ豆やエンドウ豆を積むために作られていたから。あたしたちはアンドレアの彼氏に、猛スピードで走って、ブレーキかけて、町の入口のロータリーをぐるぐる回って、と頼んだ。通りの角でスピードを上げて、ハンプで飛び上がらせて、と頼んだ。すると彼は全部やった。アンドレアに恋していたし、いつか彼女も自分を愛してくれると期待していたから。

あたしたちは悲鳴を上げ、跳《は》ね上がって、重なるようにして倒れた。ジェットコースターやアルコールよりよかった。暗闇の中で大の字に倒れ、頭をぶつけるたびにこれが最期のように感じた。そしてときどき、アンドレアの彼氏が赤信号にひっかかって停車しなくてはいけなくなったとき、まだ生きてるかどうか確かめようとして暗闇でたがいに探し合った。そして汗まみれに、ときどき血まみれになったまま、大声で笑った、バンの内部は空っぽの胃や玉ねぎ、ときには、三人で一緒に使ってるリンゴのシャンプーのにおいがした。あたしたちは多くのものを共用してた。服、ヘアドライヤー、脱毛ワックス。あなたたち、よく似てるわね、姿形がそっくり、と人から言われたけど、それは単なる目の錯覚。なぜなら、あたしたちは表情や話し方をまね し合ってたから。アンドレアはきれいで、背が高く、脚は細くて離れてた。パウラは髪が金色すぎて、長いこと陽にあたると、ひどく赤くなったし、あたしは平らなお腹《なか》にならず、歩くときに腿《もも》が必ずこすれた――そしてひりひりした。

アンドレアの彼氏は、一時間後、あたしたちを降ろした。もう退屈して、それとも、警察にバンを停められて、もしかすると誘拐した女の子たちを運んでいるのではと思われるのを心配して。ときどき彼は、あたしたちのうちのだれかの家の玄関であたしたちを降ろした。ときにはイタリア広場で。そこであたしたちは、手工芸品市場のヒッピーたちから赤い点《プント・ロホ》という、あの有毒のマリファナを買った。それにヒッピーの一人が五リットルのトマト缶で作ってる白ワインのサングリア《クレリコ》も飲んだけど、中に入れる果物はとっても大きなぶつ切りだった。その人はものぐさで、バナナやオレンジやリンゴを適当な大きさに切るには酔っ払いすぎてたから。あるとき、丸ごとのグレープフルーツを見つけ、あたしたちのうちの一人が、それをクリスマスの子豚みたいに口にくわえて、屋台の間を駆け回った。もう夜で、手工芸品店はどこも、出品者たち全員が共用している発電機で照らし出されてた。

あたしたちは、夜遅く、市場が閉まって何時間もたってから、家に帰った。その夏、だれもあたしたちのことを気にとめていなかった。停電の継続時間は守られなかった。だからあたしたちの人生でいちばん長い夜を、中庭や歩道で暑さに死にそうになって、日がたつにつれていっそう速く減っていくみたいなバッテリーや電池を使って、ラジオを聴いて過ごした。

一九九〇

大統領は任期が終わるまえに政権を明け渡さないといけなかった。新大統領は、圧倒的多数で選挙に勝ったけど、だれもそんなに好きじゃなかった。諦めが空中で、そして、いじけた人たちや不満な親たちのねじれた口の中で臭ってた。そんな彼らをあたしたちはかつてないほど軽蔑《けいべつ》してた。でも新大統領は、依頼を受ければ電話がつくのに何年もかからない、と約束してた。電話会社はひどく非効率的で、近所では十年前から電話を待ってる人が何人かいたし、ときには、技術者たちが来て、設置すると、なんとなくパーティになることもあった。いつ来るのか決して通知はなかった。あたしたち三人の家にはどこも、まぐれで電話がついていて、あたしたちは、親たちが大声を上げて切ってしまうまで、何時間も話してた。ある日曜の午後、そんな電話をしてるとき、パウラが決めた。あたしたち、ブエノスアイレスに行き始めなくちゃいけない、嘘《うそ》をつくの、夜、この町で外出するって言うの、でもほんとは土曜の朝早く出るバスに乗る、そしてブエノスアイレスで一晩過ごして、明け方にはもうまた駅に、朝には家にいる、親はぜんぜん気づきやしない。

ぜんぜん気づかなかった。

あたしはボリビアという名のバルのウエイターが好きになった。彼はあたしをはねつけた。ぼくはゲイなんだ、と言った。そんなの気にしない、とあたしは叫んだ、そして、ジンを一リットル近く飲んだ、その夜、だれかと寝たかどうか覚えてない。目が覚めると、帰りのバスの中、もう昼で、Ｔシャツが反吐《へど》で汚れてた。家に帰るまえ、体を洗うために、アンドレアの家に寄らなくちゃならなかった。アンドレアの家ではだれも尋ねなかった。彼女の父親はいつも酔っ払ってて、彼が夜、入ってこられないようアンドレアは自分の部屋の鍵をかけていた。彼女の家に行くときは、台所にいるほうがよかった。彼女の父親はそこにはワインに入れる氷をもっと取りに来るだけだった。

その台所であたしたちは、ぜったい彼氏はつくらないと誓った。また電気がなくて暗い中で、少し切って出てきた血を使って、そしてキスをして誓いを立てた。酔っ払いの父親のことを、そして、もしも彼が入ってきて、あたしたちが抱き合って血を流しているのを見たらどうするか考えながら、誓った。彼は背が高く、たくましいけど、いつもよろよろ歩いてた。突き飛ばすのはとても簡単そうだった。アンドレアはそんなことをしようとしなかった。男には弱かった。あたしは二度と恋をしないと約束し、パウラは、ぜったい男には触れさせない、と言った。

ある夜、いつもより早くブエノスアイレスから帰ってきたとき、一人の女の子があたしたちの前の席の一つから立ち上がって、運転手に近づき、降ろしてくれるよう頼んだ。運転手はびっくりしてブレーキをかけ、ここにはバス停はありません、と言った。あたしたちはペレイラ公園を横切っていた。その広大な公園はブエノスアイレスとあたしたちの町の間にあって、昔は一万ヘクタールを超える農場だったけど、ペロンが大金持ちの所有者たちから接収し、今は生態保護区になってて、ほとんど陽のささない、じめじめした、少し不吉な感じのする森のように見える。舗道が公園を二つに分けてる。その女の子はくいさがった。多くの乗客が目を覚ました。一人の男が、「でも、なあ、こんな時間に、どこへ行く気だ？」と訊いた。その女の子は、あたしたちと同年代で、髪はポニーテールにしてたけど、憎悪の目でにらみつけたので男は黙ってしまった。運転手は彼女を降ろした。するとと彼女は木々のほうに走った。バスがまた動き出したときには、砂埃《すなぼこり》の中に消えた。一人の奥さんが大声でぼやいた、「こんな時間にどうしてひとりっきりにするんだろうね？　どんな目にあうかわかったもんじゃない」。彼女と運転手はほとんど駅に着くまで言い争った。

あたしたちは、あの眼差《まなざ》しとあの女の子のことを決して忘れなかった。だれも彼女を傷つけはしない、そのことをあたしたちは確信していた。危害を加える人間がいるとするなら、それは彼女だった。一度、バッグもリュックも持っていなかった。秋の夜の肌寒さにはあまりにも夏向きの服装だった。一度、あたしたちは彼女を探しに行った。アンドレアの彼氏、バンの男の子は私たちの人生にもう存在していなかったけど、別の男の子がいた、それはパウラの兄さんで、父親の車をもう運転していた。あたしたちは、女の子がどこで降りたのか正確には知らなかったけど、風車からそんなに遠くなかった――公園にはなにも作らないオランダ風の風車が一つあり、そこは観光客向けのチョコレート店になってる――。木々の間を歩いていくと、小道や、昔は農場の一部だった家を見つけた。今は改修されて、博物館みたいに訪ねることができ、参加者限定の結婚披露宴が開かれさえしている。でもそのときは、公園の警備員が監視しているだけで、その家は、松の木の間で、こっそり、むなしそうに息をひそめてるみたいだった。

たぶん公園の警備員の娘なんだよ、とパウラの兄さんは言い、あたしたちのことを笑いながら、家まで送ってくれた。幽霊を見たと思ってるばかな女の子たちを。

でもあたしは、その子はだれの娘でもなかったことを知ってる。

一九九一

中高等学校は果てしなく続き、あたしたちはウイスキーを入れたスキットルをリュックに隠し始めていた。トイレで飲み、あたしの母からエモティバルをくすねていた。エモティバルは、彼女が鬱《うつ》かなんかだったので飲んでる錠剤だった。あたしたちには特にどうということはなく、ただすごい眠気と疲れを感じて、授業中、口を開けて眠り、いびきをかいた。あたしたちの親が呼び出されたけど、寝るのがとても遅いので、朝、あたしたちが爆睡してるのは睡眠不足のせいだと彼らは思った。あいかわらずおばかだった、今は以前ほどインフレとお金のなさにいらついていなかったけど。新通貨法は一ペソは一ドルに相当すると定めた。だれもそれをすっかり信じてはいなかったけど、ドル、ドル、ドルと耳にするとあたしの両親や大人たちはみんな幸せいっぱいになった。

それでも、あたしたちはかなり貧乏だった。あたしの家は賃借りしてた。パウラの家は半分しかできていず、旧式で、隣り合った部屋が内側のドアでつながってて、最低だった、彼女の兄さんたちはもう大人で、彼女がバスルームに行くには彼らの部屋を横切らないといけなくて、彼らがマスをかいてるところにときどき出くわした。アンドレアのアパートは彼女の家族のものだったけど、いろんな代金を期限内に払うことができず、電気が切られないときには電話が切られた。彼女の母親は、老人たちの看護師以外に仕事が見つけられず、酔っ払いの父親はワインとタバコにお金を浪費し続けてた。

あたしたちは、それでも、お金持ちになれると信じていた。金持ちになるということは未来にあるものだった。ヒメナに出会うまでは。彼女は新しいクラスメートで、パタゴニアから来ていた。両親は石油となにか関わりがあった。家に招かれたとき、あたしたちは全部を見ようとしてぐるぐるからだを回し、部屋の隅っこでぶつかった、写真が撮りたかった。家の中、リビングには小さな橋があり、屋内の池には浮き草、睡蓮、藻《も》。部屋はどれ一つタイルの床ではなく、みんな木でできていて、白い壁には絵がかかっていた。裏にはプールやバラの茂み、白い石の道があった。家は、外からは、あまりきれいには見えなかったけど、中はとんでもなかった。細部の装飾、宙に漂う香水の匂い、ピンクのベルベットの肘掛《ひじか》け椅子、そして、糸のほつれていない古びてもいない絨毯《じゅうたん》。すぐにあたしたちはヒメナが大嫌いになった。彼女はぶすで、顎《あご》に縦の傷痕があるので、学校では尻顔《カラ・デ・クロ》と呼ばれてた。あたしたちは、母親からお金をくすねて——彼女にはたやすいことだった！——ドラッグを買うよう説得した。ときどき、薬局で錠剤を。今はとても厳しいけど、そのころは薬剤師に、自閉症の弟がいる、とか、精神病の父がいる、とか言えば、処方箋なしでも薬を売ってくれた。あたしたちは、精神病用の薬の名をいくつか知っていた。だれかがその名を口にしたときメモしていたから。あたしたちが青い錠剤を飲んだとき、それ以後は永久に避けたけど、かわいそうにヒメナはひどくおかしくなり、彼女の部屋のとても素敵な木の床に火をつけようとしたり、家中に漂っている目のことを話したりした。あたしたちは感心しなかった。まえの年、手工芸品市場のヒッピーの一人が、キノコを食べすぎて入院したからだ。数センチの背丈の小男たちが数人、俺《おれ》の首に小さな矢を放ってる、と彼は言った。彼は、あると思い込んでるその小さな矢を引き抜きたくて、頸動脈が裂けそうになるくらい首筋を爪でかいた。ロメーロの精神病院に連れていかれたけど、それ以上彼のことはなにもわからなかった。彼はパウラの彼氏になりたがっていて、俺の心の友、と彼女のことを呼んでいた。パウラはあたしたちの誕生日に飲むためにLSD《アシッド》を彼からくすねていた。歯がほとんどなく、友人たちは彼をエレミア《ヘレミアス》と呼んでいた。

ヒメナは胃を洗わなくちゃいけなくて、あたしたちは責められた。お金のことを別にしたら、あたしたちは気にしなかった。そのときあたしたちは金持ちをひどく嫌いはじめた。

一九九二

幸い、あたしたちの通りに新しい隣人、ロクサナが現れた。十八歳で、一人暮らしをしてた。彼女の家は通路の奥にあったけど、あたしたちはとっても痩《や》せていたので、鍵がかかっていても、門の格子をくぐって中に入ることができた。ロクサナの家には食べ物がなかった、食料戸棚はからっぽで、飢え死にしかかった虫たちがありもしないパンくずを求めて歩き回り、冷蔵庫はコカ・コーラを一本、卵をいくつか冷やしていた。食べ物がないのがよかった、あたしたちはできるだけ少ししか食べないと約束してたから。死んだ女の子たちみたいに蒼白く、軽くありたかった。雪に足跡を残したくない、とあたしたちは言った。あたしたちの町に雪が降ったことはないけど。

あるとき、ロクサナの家に入ると、台所のテーブルの上、ポット――彼女はいつもマテ茶をいれていた――の横に、占い師が使ってるようなとっても大きな白いランプ、魔法の玉、未来の鏡があった。でも違った。それはコカインで、彼女の友だちの一人のものだった。彼女は、売るまえに少しくすねようとしていて、買い手は足らないことに気づかないと思っていた。

彼女はカミソリでその魔法の玉を削らせてくれ、ライターで陶器の皿を温めて、鼻で吸うことを教えてくれた。そうしたら湿らないし、と彼女は説明した、皿にくっつかないし、うまいこと落ちてく。すごくよかった。頭に白い光を受け、舌はしびれ、最高だった。テーブルで、そしてロクサナの部屋の鏡を使って吸った。彼女は鏡をちょうど真ん中に置き、あたしたちはそのまわりに坐った。まるでその鏡はあたしたちが水を飲むために頭をつける湖で、絵のはがれかかった、染みで汚れた壁はあたしたちの森みたいだった。あたしたちは外出するとき持って出たけど、コカインはタバコの銀紙にくるんで、ときにはビニール袋に隠していた。あたしはペンを選び、パウラは自分専用の金属のストローを使った。アンドレアは脈が速くなるのが嫌でマリファナを喫うことにし、ロクサナは札を巻いたのを使い、嘘をついた。いとこがメキシコでナスカの地上絵を調査していて行方不明になった、と彼女は言った。あたしたちのだれも、地上絵はペルーにある、と彼女にはっきり言わなかった。遊園地に行ったことがあるんだけど、どのドアも、開けると、それぞれ違う部屋に通じてて、やがて正しい部屋に行きつくの、部屋は何百もありそうで、そのゲームは何ヘクタールも場所をとるの、と彼女は言った。『夢のミュージアム』という童話で似たようなのを読んだことがある、とはだれも言わなかった。ペレイラ公園に魔女が集まり、わらで作った男を称えながら儀式をする、と彼女は言った。あたしたちは、公園での儀式というのを聞いてびっくりしたけど、その話は土曜の午後にテレビで見た映画にとっても似てる、とは言わなかった。とってもいいホラー映画で、その中ではイギリスの、とある島をふたたび肥沃にするために女の子たちが殺されていた。

ときどきあたしたちはコカインを吸わず、アシッドを少しアルコールと一緒に飲んだ。電気を消し、暗闇で、火のついた線香をいじっていた。蛍みたいで、あたしは泣けてきた。町から遠く、庭園のある家を思い出させられた。その家には池があり、そこでは蛙が遊び、蛍が木々の間を飛んでいた。

ある日の午後、線香をいじってるとき、あたしたちはレコードを、ピンク・フロイドの『ウマグマ』をかけた。家でなにかに、たぶん闘牛か角笛みたいな歯のはえた猪に追われ、走り、ぶつかり合い、けがをした。またバンの中にいるみたいだった。でも悪夢の中の。

一九九三

学校の最終学年にアンドレアは新しい彼氏を見つけた。パンク・バンドのボーカルだった。彼女は変わった。犬の首輪をつけ、腕に星と髑髏《どくろ》のタトゥーを彫り、もう金曜の夜をあたしたちと過ごさなかった。

あたしは、彼女が彼と寝たことに気づいた。アンドレアは違ったにおいがし、ときどき笑みを浮かべて、あたしたちをさげすむように見つめた。裏切り者、とあたしは彼女に言った。あたしは彼女にセリーナを思い出させた。クラスメート――あたしたちより少し年上――で、病院に行こうとして、通りで出血し、四度目の流産のあと死んだ。中絶は違法で、それをした女たちは、すぐに女の子たちを通りに放り出した。診療所には犬がいる、動物たちは跡形もなく胎児を食べてしまうと言われてた。彼女は怒ってあたしたちを見つめ、死んだってかまわないわ、と言った。あたしたちは彼女を広場で泣かせておいた。

パウラとあたしは怒り狂っていて、ペレイラ公園までバスに乗ることにした。また森の女の子を探すつもりだった。アンドレアがあたしたちを見棄《みす》てたら、三人目の友だちになるかも？　もう高速はできてたので、最低のバスが公園を循環してた。座席には古い汚れがへばりついているし、ガソリンと汗が臭い、床はこぼれた炭酸飲料で、たぶんおしっこでべとついてた。夕暮れに、あたしたちは公園で降りた。その時間には、まだ家族連れがいて、子供たちは芝生の上を走り、何人かがサッカーをしていた。うっとうしい！　とパウラが言った、そしてあたしたちは夜を待つために松の木の下に腰をおろした。管理人がランタンを持って通り、もう帰るのかどうか尋ねた。

うん、とあたしたちは答えた。

次のバスは三十分以内に来るよ、と彼は言った、道路に近づいてたほうがいい。

もう行きます、とあたしたちは言った、そしてあたしは彼に頬笑《ほほえ》んだ。パウラは頬笑まなかった。彼女はとっても痩せてて、歯が見えると、髑髏みたいだったから。

サソリによく注意するんだよ、と彼は言った。チクッとしたら、叫ぶんだ、聞いてるから。

もっと頬笑んだ。

その九月は異常に暑くて、サソリが大量発生してた。あたしは、たぶん刺されっぱなしになったら死ぬことができると思った。そうなったらあたしたちのことを思い出してもらえる。血まみれの胎児を脚にはさんで通りで死んだセリーナみたいに。あたしは芝生に横になって、毒のことを考えた。パウラはといえば、木々の間を歩き、「そこにいるの?」と小声で訊いていた。彼女は、木々の間でこすれる音を聞いたとき、白い影を見たとき、あたしを探しに来た。影は白くないわ、と彼女に言った。これは白いの、と彼女は断言した。あたしたちはへとへとになるまで歩いた。エネルギー不足は、食べるのをやめることとの最悪の結果だった。あたしたちの友だちを、憎悪の目でにらみつけていたあの女の子を見つけようとしてる、こんなときじゃなかったらそうする価値はあったけど。

彼女は見つからなかった。わたしたちは道に迷いもしなかった。月の光が十分明るくて、道路に出る道を見分けさせてくれたから。パウラは白いリボンを見つけた、きっとペレイラ公園の友だちのものだ、と彼女は思った。もしかしたらあたしたちへのメッセージとして置いたのかも、と彼女は言った。そうじゃない、とあたしは思った、きっと公園にピクニックに来た人たちのだれかが失くしたんだ、でも彼女にはなにも言わなかった、それで納得してるし、お守りを手にして喜んでるし、メッセージだと確信してるのがわかったから。脚がチクッとした。でも毒針でも死でもなく、イラクサだった、それが脚をひりつかせ、血まみれの赤い点だらけにした。

一九九四

パウラはロクサナの家で自分の誕生日を祝った。そのパーティのためにあたしたちはアシッドを手に入れた。話では、オランダから届いたばかりのものだった。ドラゴンシートと呼んでいた。輸入したアシッドのほうが強い？　あたしたちにはわからなかったので、いつもより量を減らして、せいぜい四分の一くらいを飲んだ。レッド・ツェッペリンのレコードをかけた。あたしたちは、それがアンドレアの彼氏をいらつかせるのを知ってた、そうしたかった、彼をいらつかせたかった。レコードが終わりかけてるとき、彼がやって来た。そのころは、CDが買えたけど、まだレコードを聴いていた。電気製品が、テレビやステレオ、ビデオデッキ、カメラが安かった。長続きしない、とあたしの両親は言った、一アルゼンチン・ペソが一ドルと同じ価値があるなんて怪しいもんだ。でもあたしたちは彼らの、両親の、他の親たちの言うことにうんざりしてた。いつも終末を、大惨事を、また停電になることを、どうにも嫌なことを残らず口にしてた。今はもうインフレに泣いていなかった、仕事がなくて泣いていた、まるで彼らにはなんの責任もないみたいに泣いてた。あたしたちは、お人よしが大嫌いだった。

　アンドレアとパンクの彼氏が来た、ちょうどそのとき、レコードの歌の中でいちばんヒッピーな歌が響いた、カリフォルニアに行って、髪に花をさした女の子と出会う歌。するとアンドレアの彼氏は顔をしかめて、あああ、うんざり、くだんない、と言った。パウラの兄さんは、いつも人なつっこく、彼にアシッドを少し勧めた、パンクで無駄にしたくなかったから、四分の一だけ。アシッドだってとてもヒッピーだ、とパウラの兄さんが言うと、彼は、そうだよ、でも化学的で人工的だから好きなんだ、と答えた。化学的なものはなんでも好きだった、粉末ジュース、薬、ナイロン。

　あたしたちはロクサナの部屋にいた。鏡は壁にかかっていた。家にはかなりの人がいた、ドラッグ・ハウスではありがちだけど、知らない人が大勢いて、夢でちらっと見たような顔ぶれが、冷蔵庫からビールを出したり、便器に吐いたり、ときには鍵をくすねるか、気前のいいとこを見せて、パーティが終わりかけるともっと飲み物を買ったりする。アシッドはとっても繊細《せんさい》な放電みたいなものだった。指が震え、両手を目の前に置くと、爪は青っぽく見えた。アンドレアはあたしたちと一緒にもどっていて、あたしたちが『レッド・ツェッペリン III』をかけたとき、踊りたがり、氷と雪の大地のことを、神々のハンマーのことを叫んでいたけど、「貴方を愛しつづけて《シンス・アイヴ・ビーン・ラヴィング・ユー》」になったとたん、たぶん恋のブルースだったから、振り返ってパンクの彼氏を見つめた。彼は隅っこに坐っていて、死にそうなくらい怯えてた。彼は人差し指でなにかを指し、なにかを繰り返していたけど、音楽が大きすぎてわからなかった。それがあたしにはおかしかった。横柄なねじれた唇ではなくなってた。眼鏡をはずしてた。瞳がとっても大きく広がって、目はほとんど黒だった。

あたしは、ゆっくり歩いて彼に近づき、ペレイラ公園の女の子の憎悪の眼差しをまねようとした。電気があたしの髪を逆立て、自分が電線になったような感じがした。それともとっても軽くなったような感じ、まるでテレビが消えたとたん、髪の毛が静電気に引っ張られて、画面にくっついてるみたいな。

怖いの、とあたしが訊くと、まごついたような目で応えた。かわいかった、だからアンドレアがあたしたちを棄てたんだ。かわいくて、うぶだった。顎をつかみ、もう一方の手で頭を、こめかみ近くを拳で殴った。ジェルでばっちりきめた髪がくしゃくしゃになって額にかぶさった。パウラは、後ろから、笑いながら、彼めがけて、あたしたちがアシッドの紙箱を切るのに使った鋏《はさみ》を放った。ちょうどそのとき、あたしは、彼が森の女の子の白いリボンを髪に巻いてることに気づいた。まったく運の悪いことに、鋏はパンクの彼氏の眉に当たった。顔のその部分は血がたくさん流れる。あたしたちがそのことを知ってたのは、以前、バンの中で急ブレーキがかかって額を切ったことがあったから。彼はびっくりした、パンクはとってもびっくりした。血が白いTシャツにぽたぽた落ちて、きっとあたしたちと同じものを、それかアシッドのせいでゆがんでるようなものを見て。血まみれの彼の両手、染みだらけの壁、ナイフを手にしてまわりにいるあたしたち。彼は家から飛び出そうとした、でもドアが見つからなかった。アンドレアは彼の後を追い、話しかけようとしたけど、彼女の言うことが彼には理解できなかった。中庭に出ると、パンクの彼氏は植木鉢につまずいて倒れ、地面で震え始めた。怖くてなのか、痙攣《けいれん》を起こしたのかはわからない。レコードは終わったけど、静かにはならなかった。叫び声や笑い声が聞こえた。だれかがサソリの幻覚を見ていた、それとも、もしかしたら本当に家に侵入してたのか。

あたしたちは、立ったまま、パンクの彼氏を囲んだ。地面で、薄目を開けて、胸が血まみれになっていると、つまらない人間のように見えた。彼は動かなかった。パウラは、ジーンズのポケットにおもちゃみたいなナイフ、パンにジャムを塗るのに使うような小さなナイフをしまった。これはいらないわね、と彼女は言った。

死んでるの、とアンドレアが訊いた。そして彼女の目が輝いた。

向こうでは、とっても遠くにあるように思える家の中では、だれかがまたレコードをかけた。パウラは自分の髪からリボンをとって、手首に巻いた。あたしたちは家に、踊りにもどった。アンドレアがその男の子を地面に放っておいて、あたしたちのところにもどってきてくれるのを願っていた。そしたらまた三人、青い爪で、酔いしれて、他のだれも映さない鏡の前で踊れる。

アデーラの家

毎日、アデーラのことを考える。そばかす、黄色い歯、きれいすぎるブロンドの髪、肩の断端、スウェードの小さなブーツ、そんな彼女の思い出が昼間浮かんでこないと、夜、夢に現れる。アデーラのいる夢はどれも違っているけど、決まって雨が降っていて、必ず兄とわたしがいる。二人とも黄色いレインコートを着て廃屋の前に立っていて、庭で両親と小声で話す警官たちを見つめている。

わたしたちがアデーラと友だちになったのは、彼女が場末のプリンセスだったから。彼女は、大きなイギリス風の一戸建てで甘やかされていたけど、ラヌースのわたしたちの灰色の地区に押し込まれたその家は、周りからかけ離れ、まるでお城、そして、そこの住人はご主人様たち、貧相な庭の四角いセメントの家に住むわたしたちは召使みたいだった。わたしたちが友だちになったのは、彼女の父親が合衆国から持ち帰る最高の輸入玩具を持っていたから。そして、毎年、三賢人の日の直前で元日のすぐ後の一月三日、昼下がりの太陽の下、プレゼント用の銀色の包装紙のような水がいっぱいのプールの横で、最高の誕生日パーティを開いたから。そして、その地区の他の家ではまだ白黒テレビだったころ、彼女はプロジェクターを持っていて、リビングの白い壁を使って映画を見てたから。

でも、とりわけ、兄とわたしが彼女の友だちになったのは、アデーラには片腕しかなかったからだ。もしかすると、片腕が足りなかったと言うほうがぴったりかもしれない。左腕が。幸い、彼女は左利きじゃなかった。肩から欠けていた。そこには小さなこぶがあり、筋肉の断片みたいなものがついていて動きはしたけど、なんの役にも立たなかった。生まれつきなの、先天性欠損症なんだよ、とアデーラの両親は言った。大勢の子が彼女を怖がったり嫌がったりしていた。彼女をあざ笑い、ばけもの、へんてこりん、できそこない、と呼び、サーカスが雇ってくれる、きっと写真が医学書にのる、と言った。

彼女は気にしなかった。義腕を使おうともしなかった。見られるのが好きで、腕の断端を隠したりしなかった。だれかが嫌そうな目をすると、その子の顔に腕の断端をこすりつけたり、すぐ横に坐って、その子の腕を役に立たないこぶでなでたりして恥ずかしい思いにさせる、泣きだしそうにさせることさえできた。

アデーラはユニークな性格をしてる、勇敢でしっかりしてる、お手本よ、いい子、とわたしたちの母は言った。なんてうまく育てたんでしょうね、なんていいご両親なの、と繰り返し口にした。でもアデーラは、あたしの両親は嘘《うそ》をついてるの、と言った。腕のことで。これは生まれつきじゃないの、と彼女は話した。じゃあ、どうしたの、とわたしたちは訊いた。すると彼女は自分なりの説明をした。より正確に言えば、いくつかの説明を。ときどき彼女は、あたしの犬に襲われたの、地獄《インフィエルノ》という名の黒いドーベルマンに、と話した。ドーベルマンにはよくあることで、その犬は気が変になった。その犬種は、アデーラによると、脳のサイズに対して頭蓋骨《ずがいこつ》が小さすぎる、だからいつも頭痛がしていて、痛みで正気をなくしたり、気がふれたりする。骨に締めつけられて脳がおかしくなる。二歳のときに襲われたの、と彼女は言った。そのときのことを彼女は思い出した。痛み、うなり声、顎《あご》が嚙《か》む音、芝生を汚し、プールの水と混じる血。彼女の父は一発で撃ち殺した。すばらしい射撃の腕前だった。なぜならその犬は、銃弾を受けたとき、まだ、赤ん坊のアデーラを口にくわえていたのだから。

わたしの兄はその説明を信じなかった。

「じゃあ、傷跡はどこ?」

彼女は腹を立てた。

「とってもうまく治ったの。見えないの」

「まさか。傷跡はずうっと見えるものなんだ」

「歯の跡は残らなかった、かまれたとこのもっと上を切らなくちゃいけなかったの」

「もちろん。それでも傷跡はなくちゃいけないんだ。そんなふうに消えやしないよ」

そして彼は、例として、腿《もも》の付け根にある盲腸の跡を見せた。

「あなたは、へぼ医者たちが手術したから。あたしはブエノスアイレスでいちばんの病院にいたの」

「とかなんとかかんとか」と兄は言って、彼女を泣かせた。彼女を怒らせるのは彼だけだった。それでも二人は一度も本気で喧嘩《けんか》しなかった。彼は彼女の嘘を楽しんでいた。彼女は挑まれるのが好きだった。そしてわたしは聞いているだけ、そんなふうに放課後の午後は過ぎていき、やがて兄とアデーラはホラー映画を発見した。そしてすべてが永久に変わった。

最初の映画が何だったのかは知らない。わたしは見せてもらえなかった。あなたは小さすぎる、と母は言った。でもアデーラはあたしと同い年よ、とわたしは言い張った。見せるかどうか、それは彼女のご両親の問題です、だめってもう言ったでしょ、と母は言った。言い合うことはできなかった。

「じゃあ、どうしてパブロはいいの？」

「あなたより年上だから」

「男だからだ！」と父がでしゃばり、誇らしげに叫んだ。

「二人とも、大嫌い！」とわたしは大声を上げ、ベッドで泣きながら寝てしまった。

両親は、兄のパブロとアデーラがわたしに同情して映画の話をするのをやめさせられなかった。そして二人は、映画の話を終えると、別の話をした。そうした午後のことが忘れられない。アデーラが話しているとき、気を集中し、その黒い目が輝くとき、家の庭は影でいっぱいになったけど、それは、走り、からかうように手を振って挨拶《あいさつ》をしていた。アデーラがリビングの大きな窓を背にして坐っているとき、わたしはそうした影たちを見た。彼女には言わなかった。でもアデーラは知っていた。兄がどうだったかはわからない。わたしたちより隠しごとをするのがうまかった。

兄は、最後まで、最後の行為にいたるまで隠しとおした。見分けがつくのが、あの肋骨《ろっこつ》、バラバラになったあの頭蓋、そして特に、レールのあいだのあの左腕、たったそれだけになったそのときまで。その腕は体から、列車からとても離れていたので、事故が――わたしは彼の自殺を事故と言いつづけてるけど――生みだしたもののようには見えなかった。だれかが線路の真ん中まで運んでいき、一つの挨拶、一つのメッセージとして展示したみたいだった。

ほんとのところ、どの話が映画をまとめたもので、どれがアデーラ、あるいはパブロのでっちあげだったのか、覚えていない。わたしたちがあの家に入ってから、わたしはホラー映画を見ることができなくなった。二十年後の今も恐怖感があり、テレビでたまたま、もしくはうっかり一つのシーンを見ると、その夜は睡眠薬を飲む。そして数日のあいだ、吐き気がつづき、アデーラを思い出す。片腕がなく目を動かさずにソファに坐っている、そんな彼女を兄は崇めるように見つめている。ほんとに、映画の話の多くを覚えていない。かろうじて覚えているのは、悪魔に取り憑かれた犬の話――アデーラは動物の話が大好きだった――それと、奥さんをバラバラにして冷蔵庫に隠した男の話。バラバラになったものは、夜、出てきて彼につきまとう。脚や腕、胴体、そして頭が家の中を転がったり、這いまわったりし、やがて復讐《ふくしゅう》の死んだ手が殺人者の首を絞めて殺す――アデーラは切断された手足と切断の話にも目がなかった。もう一つは子供の幽霊の話で、その子はいつも誕生日の写真に姿を現すけど、だれも見覚えのない恐ろしい招待客で、肌は灰色で、満面の笑みを浮かべていた。

わたしはとりわけ廃屋の話が好きだった。それにいつ取り憑かれたのか知ってさえいる。それは母のせいだった。ある日の午後、放課後のこと、兄とわたしはスーパーマーケットまで彼女についていった。その店から半ブロック離れたところにある廃屋の前を通ったとき、彼女は急ぎ足になった。わたしたちはそれに気づき、どうして走ったの、と尋ねた。彼女は笑った。その母の笑い声を、その夏の午後、彼女が若かったこと、彼女の髪のレモンシャンプーの匂い、そしてミントのチューインガムをかみながら大笑いしたことを覚えている。

「おばかね、わたし……！　あの家が怖いの。気にしなくていいからね」

わたしたちを安心させよう、大人として、母親として振る舞おうとしていた。

「どうして怖いの？」とパブロが言った。

「なんとなく。ほったらかしにされてるから」

「それで？」

「もういいでしょ」

「教えてよ、ねえ！」

「怖いの、中にだれかが隠れてるんじゃないかと思うと、泥棒やなんかが」

兄はもっと知りたがったけど、話すようなことが母にはそんなになかった。その家は両親がその地区に来るまえから、パブロが生まれるまえから放置されていた。ほんの数か月まえに、持ち主であるお年寄り夫婦が亡くなったのを母は知っていた。一緒に死んだの？ パブロはそれを知りたがった。病気なんじゃないの、ああした映画はもう見させないからね。いいえ、順々に亡くなったの。お年寄りの夫婦にはあることなの。一人が死ぬと、すぐにもう一人が死ぬ。そして、そのときから、子供たちは相続でもめつづける。ソウゾクってなに？ わたしは知りたかった。遺産のこと、と母は言った。だれが家をもらうかで喧嘩しつづける。でも、かなりのぼろい《チョータ》家だよ、とパブロが言った。すると母さんは、汚い言葉を使ったことを叱った。

「汚い言葉って、どんな？」

「よくわかってるでしょ。繰り返さないわ」

「『チョータ』は悪い言葉じゃないよ（チョータには俗語でペニスという意味もある）」

「パブロ、やめなさい」

「わかったよ。でも、あの家、崩れかかってるよ、ママ」

「なんとも言えないわ、パブロ、土地が欲しいのかもしれない。ご家族の問題よ」

「幽霊がいるんだ」

「映画に毒されてるのね！」

兄はもう映画を見させてもらえないとわたしは思ったけど、母は二度とその話題に触れなかった。そして翌日、兄はその家のことをアデーラに話した。彼女は夢中になった。幽霊屋敷がこんなに近くに、町内に、わずか二ブロックのところにあるなんて、すごく幸せ。見に行きましょう、と彼女は言った。わたしたち三人は飛びだした。大声を上げながら屋敷の、とっても美しい木の階段（片側には緑、黄、赤といった色のついたガラス窓があって、絨毯敷《じゅうたんじ》き）を降りた。アデーラは片腕がないので、わたしたちよりゆっくり、そして少し横向きに走った。でも急いで走っていた。その日の午後はストラップのついた白い服を着ていた。走っているとき、左側のストラップが腕の断端に落ちると、彼女は、まるで顔にかかる髪の毛を払いのけるように、無意識にもとにもどしていたのを思い出す。

家は、ちょっと見には、別段変わったところはなかった。でも、注意して見ると、気味の悪いところがあった。窓は、レンガが埋め込まれて、完全にふさがっていた。だれかが中に入るのを、それとも何かが外に出るのを防ぐため？　門は鉄でできていて、こげ茶色に塗られていた。血が乾いたみたい、とアデーラは言った。

オーバーね、とわたしはあえて言った。彼女は頬笑《ほほえ》んだだけだった。黄色い歯をしていた。それがわたしをむかつかせたものだった。腕や、腕のないことなんかじゃなくて。歯を磨いていなかったのだと思う。そして、おまけにとても蒼白い顔をしていて、半透明の皮膚が、まるでゲイシャの顔に見えるような、その病的な色を目立たせていた。彼女は、その家の、とても小さな庭に入った。玄関へとのびる通路で立ち止まると、振り返って言った。

「気がついた？」

わたしたちの返事を待たなかった。

「すごくおかしい。どうして芝生がこんなに短いの？」

兄は、彼女の後につづいて庭に入った。そして、怖がってるのか、彼もまた、歩道から玄関にのびる敷石の通路で止まった。

「ほんとだ」と言った。「芝生はもっとのびてないといけないいんだけどな。ごらん、クラーラ、おいで」

わたしは中に入った。錆《さ》びた門を通り抜けるのが怖かった。その後の出来事のせいでそんなふうに思い出してるわけじゃない。そのとき、まさしくその瞬間、そう感じたのは確かだ。その庭は寒かった。そして芝生は焼けたみたいだった。地ならしされたみたい。黄色くて短かった。緑色の雑草は一本もない。どんな草木も。その庭はからからに乾ききっていると同時に冬だった。そして家はうなっていた。耳障りな蚊のように、肥えた蚊のようにうなっていた。震えていた。兄とアデーラにばかにされたくなかったから、わたしは逃げださなかった。でも、家まで、母のところまで逃げ帰って、ほんと、母さんの言うとおり、あの家はろくでもないわ、泥棒は隠れてない、震える虫が隠れてるの、外に出てきちゃいけないものが隠れてるの、と言いたかった。

アデーラとパブロは他のことは話さなかった。その家がすべてだった。町内でその家のことを訊いていた。キオスクの売り子に、そしてクラブで、また自分の家の玄関先に坐って日暮れを待っているドン・フストに、バザーのガリシア人たちや八百屋に訊いていた。だれもたいしたことは言わなかった。でも、壁でふさいだ窓は妙だ、あの干からびた庭は気味が悪い、寂しい気分にさせられる、ときにはぞっと、とりわけ夜はぞっとさせられる、そうした点では何人かの意見が一致した。多くの人が老夫婦を思い出した。ロシア人かリトアニア人、とても親切で、とてももの静か。そして子供たちは？　遺産のことでもめてる、と言う人たちがいた。両親を訪ねてこない、病気になったときでさえ、と言う人たちもいた。だれも彼らを見たことがなかった。一度も。子供たちは、いるとすれば、謎だった。

「だれかが窓をふさがなくちゃいけなかった」と兄はドン・フストに言った。

「そのとおり。でも二、三人のレンガ職人がやったんだ、子供たちじゃねえ」

「たぶん、そのレンガ職人が子供たちだったんだ」

「そうじゃねえな。レンガ職人たちは肌の色がとっても浅黒かった。そして年寄りたちは金髪で、透き通るような肌だった。おまえのように、アデリータのように、おまえの母さんみたいに。ポーランド人だったに違いねえ。そのあたりの出だ」

その家の中に入ろうというのは、兄の考えだった。まず、わたしにほのめかした。どうかしてるんじゃないの、とわたしは言った。彼は熱くなっていた。その家で何があったのか、中に何があるのか、知らなくてはならなかった。十一歳の子にしてはおかしなくらい熱心に知りたがった。その家が彼に何をしたのか、どうやってそれほど惹きつけたのか、わたしにはわからなかったし、今もわからない。家は、まず、彼を惹きつけたのだから。そして彼はそれをアデーラにうつした。

二人は干からびた庭を分ける黄色とピンク色の敷石の小道に坐っていた。錆びた鉄の門はいつも開いていて、二人を歓迎した。わたしは二人についていったけど、外に、歩道にいた。二人はドアを見つめていた。念じればそのドアが開くと思ってるみたいだった。そこで、坐ったまま、黙って何時間も過ごした。歩道を通る人たち、近所の人たちは気にしていなかった。おかしいと思わなかったのか、たぶん彼らが見えなかったのか。わたしは母に何も話そうとしなかった。

それとも、もしかすると、その家が話させてくれなかったのか。その家はわたしが二人を救うことを望んでいなかった。

わたしたちはアデーラの家のリビングに集まりつづけたけど、もう映画の話はしなかった。今では、パブロとアデーラは——でも、とりわけアデーラは——その家の話をしていた。そんな話、どこで聞いてきたの、と、ある日の午後、二人に訊いた。二人は、びっくりしたみたいで、顔を見合わせた。

「家が話してくれるの。聞こえない？」

「かわいそうに」とパブロが言った。「家の声が聞こえないんだ」

「かまわないわ」とアデーラが言った。「あたしたちが話してあげる」

そして二人は話してくれた。

目に瞳がないのに物が見えるお婆さんのことを。

裏庭の、空っぽの鶏小屋のすぐそばで医学書を燃やしたお爺さんのことを。

ネズミの巣のような小さな穴でいっぱいの、表の庭と同じように干からびて死んでいる裏庭のことを。

その家で生きているものには水が必要なので、ぽたぽた水がしたたり落ちる蛇口のことを。

パブロは、中に入るようアデーラを説得するのに少し苦労した。不思議だった。今は彼女が怖がっているみたいだった。立場が入れ替わっていた。決定的瞬間に、彼女はよく理解するようだった。兄は言い張った。彼女のたった一本の腕をつかみ、彼女を揺さぶりさえした。学校では、パブロとアデーラは恋人だと言われ、子供たちは指を喉《のど》まで突っ込んで、吐くまねをした。おまえの兄ちゃん、怪物とデートしてる、と言って笑った。パブロとアデーラは気にしなかった。わたしも。わたしにはその家が唯一の気がかりだった。

夏の最後の日、二人は中に入ることに決めた。ある日の午後、アデーラの家のリビングで話し合っていたとき、彼女はまさしくその言葉を口にした。

「夏の最後の日、パブロ」と彼女は言った。「一週間後」

二人は、わたしに一緒に行ってもらいたがった。わたしは、二人を放っておきたくなかったので、同意した。二人は、自分たちだけで暗闇に入ることができなかった。

夜、夕食後に入ることにした。抜けださなくてはいけなかったけど、夏の夜に家を出ることはそんなに難しくなかった。町内では子供たちが遅くまで通りで遊んでいた。今はそうじゃない。今は貧しい、物騒な地区になっていて、近所の人たちは外に出ないし、襲われるのを怖がっているし、街角で酒を飲んだり、ときどき喧嘩して発砲したりする若者たちを怖がっている。アデーラの屋敷は売却され、分割されてアパートになった。庭園には倉庫が建てられた。このほうがいいと思う。倉庫は影たちを隠してくれるから。

女の子のグループが通りの真ん中でゴム跳びをしていた。車が通ると——ほとんど通らなかったけど——遊ぶのをやめて、車を通した。もっと向こうでは、他の子たちがボールを蹴っていたし、アスファルトが新しくなって、滑らかになってるところでは、何人かの若者たちがローラースケートをしていた。気づかれないよう彼らのあいだを通り抜けた。

アデーラは生気のない庭で待っていた。落ち着きはらって、輝いていた。スイッチが入っていたと今は思う。

彼女はドアを指さした。わたしはぎょっとして、うめいた。ほんの少し、ドアが開いていた。

「どうしたの?」とパブロが訊いた。

「あんなだったの」

兄はリュックサックを下ろして、開けた。レンチ、ドライバー、くぎ抜きを持ってきていた。それは父の工具で、洗濯室の箱の中で見つけたものだった。もう必要なさそうだった。彼は懐中電灯を探した。

「いらないわ」とアデーラが言った。

わたしたちはまごついて彼女を見つめた。彼女はドアをすっかり開けた。すると家の中に明かりがあるのがわかった。

手をつないで、電気の光みたいな明るさの中を歩いたのを覚えている。電球があったはずの天井には、枯れ枝のようにくぼみからはみだしている古い電線しかなかった。陽の光のようだった。外は夜で、嵐に、夏の豪雨になりそうだった。中は寒く、消毒薬の臭いがし、明かりは病院の明かりみたいだった。

その家の内部にはおかしなところはなさそうだった。小さな玄関ホールには電話台があり、祖父母の家のみたいな、黒い電話がのっていた。

お願い、鳴らないで、鳴らないで。そんなふうに祈ったのを、小声で、目を閉じて繰り返したのを覚えている。そして、鳴らなかった。

三人一緒に次の部屋に入った。家は外から見るよりも大きな感じだった。そして、まるで虫の群れが、壁の絵の後ろに隠れすんでるかのように、うなっていた。

アデーラは、夢中になって、怖がらずに、進んでいた。パブロは三歩ごとに、「待って、待って」と頼んでいた。彼女はそうしたが、わたしたちの声をはっきり耳にしていたのかどうかわからない。振り返ってわたしたちを見たとき、まごついているみたいだった。彼女の目は物を見分けていなかった。「ええ、ええ」と言ってたけど、もうわたしたちに話しかけていないような感じだった。パブロも同じように感じた。後でわたしにそう言った。

次の部屋、リビングには、埃《ほこり》で灰色がかった、からし色の汚い肘掛《ひじか》け椅子がいくつかあった。壁にはガラス棚が並んでいた。とてもきれいで、小さな飾りでいっぱいだった。とっても小さいので、それを見るには近づかなくてはならなかった。わたしたちの息が一緒になって、いちばん下のほうの棚、手の届く棚を曇らせた。棚は天井までのびていた。

自分がなにを見ているのか、最初、わからなかった。黄色みがかった白い色をした、半円形で、とても小さなものだった。丸っぽいものもあれば、先のとがったものもあった。触りたくなかった。

「爪だ」とパブロが言った。

うなりに耳をつんざかれるように感じて、わたしは泣きだした。パブロに抱きついたけど、見ずにはいられなかった。次の棚、上の棚には、歯があった。父の治療した奥歯みたいに、真ん中に黒い鉛の詰まった歯。わたしが矯正してリテーナーを使い始めたときに悩まされた前歯のような歯、学校でわたしの前に坐っていた女の子、ロクサーナの犬歯のような歯。三番目の棚を見ようとして顔を上げたとき、明かりが消えた。

アデーラは暗闇で悲鳴を上げた。わたしは自分の心臓の音しか聞いてなかった。とても激しく鼓動し、耳が聞こえないくらいだった。でも、兄がいるのを感じていた。わたしの肩を抱き、放さなかった。突然、壁に光の輪が見えた。懐中電灯だった。「出ようよ、出ようよ」とわたしは言った。でもパブロは、出口とは反対の方向に歩き、家の奥に入っていった。わたしは後に続いた。出て行きたかった。でも、一人じゃ嫌だった。

懐中電灯の光は意味のないものを照らしだした。床で開いて、ページが輝いている医学書。天井近くに掛かっている鏡。あんなとこでいったいだれが自分の姿を映せるんだろう？　白い服の山。パブロは立ち止まった。懐中電灯を動かしたけど、光は他の壁はどれ一つ照らしださなかった。その部屋には終りがなかった。それとも、懐中電灯で照らすには、部屋の端があまりにも遠すぎるのか。

「出ようよ、出ようよ」とわたしはまた言った。一人で出て行く、彼を放っていく、逃げだす、そんなことを考えたと思う。

「アデーラ！」とパブロが叫んだ。

暗闇で彼女の声は聞こえなかった。こんな果てしない部屋の、いったいどこにいるのだろう？

「ここよ」

彼女の声だった。とても小さくて、近くだった。彼女はわたしたちの後ろにいた。わたしたちは後もどりした。声がするところをパブロが照らすと、彼女が見えた。

アデーラは棚のある部屋から出ていなかった。ドアのそばに立って、右手を振ってわたしたちに挨拶した。そのあと振り返り、そばにあるドアを開け、後ろ手で閉めた。兄は走ったが、そのドアのところに着いたときには、もう開けられなかった。鍵がかかっていた。

わたしはパブロの考えてたことを知ってる。アデーラを連れ去ったそのドアを開けるために、リュックサックに入れて外に置いてきた道具を探す。わたしは彼女を連れだすつもりはなかった。ただ外に出たかった。そして兄の後を追って走った。外は雨が降っていて、道具は庭の干からびた芝生の上に散らばり、濡れて、夜の闇の中で輝いていた。だれかがリュックサックから取りだしていた。びっくりし、おびえて、ちょっとのあいだ動かずにいると、だれかが中からドアを閉めた。

家はうなるのを止めた。

パブロがどれくらいのあいだドアを開けようとしていたのか、よく覚えていない。でもある瞬間、わたしの悲鳴を聞いた。そしてわたしの言うことに耳を傾けた。

両親が警察を呼んだ。


そして毎日、ほとんど毎晩、わたしはその雨の夜にもどる。わたしの両親、アデーラの両親、庭の警察。わたしたちは、黄色いレインコートを着て、ずぶ濡れ。頭を横に振りながら家から出てくる警官たち。雨の中、気を失うアデーラの母親。

彼女は見つからなかった。生きているにしろ、死んでいるにしろ。わたしたちは家の内部を説明するよう求められた。話した。繰り返した。わたしが棚と明かりのことを話したとき、母さんは、わたしをひっぱたいた。「嘘つき、家は瓦礫《がれき》だらけよ！」と怒鳴った。アデーラの母親は泣き、懇願した、お願い、アデーラはどこ、アデーラはどこ。

家の中、とわたしたちは言った。彼女は、家の中の一つのドアを開けて、一つの部屋に入った、そして、まだそこにいるはず。

警官たちは、家の中にはドアは一つも残っていない、と言った。部屋と見なしうるようなものも。この家は殻だ、と彼らは言った。中の壁はみんな、取り壊されてしまっていた。

彼らが、「殻《カスカラ》」じゃなくて「仮面《マスカラ》」と言うのを聞いたことを覚えている。この家は仮面だ、わたしはそう聞いた。

わたしたちは嘘をついていた。それとも何かひどく怖いものを見てショックを受けていたのか。彼らは、わたしたちが家の中に入ったことさえ信じようとしなかった。母はわたしたちの言うことを決して信じなかった。警察が、一軒一軒踏み込んで、町内全域を隈なく捜したときでさえ。その事件はテレビで報じられた。わたしたちはニュース番組を見せてもらえた。その失踪について書いてある雑誌を読ませてもらえた。アデーラの母親は何度かわたしたちを訪ね、いつも口にした。「本当のことを言ってくれるといいんだけど、あなたたちが、思い出してくれるといいんだけど……」

わたしたちはまたすっかり話した。彼女は泣き続けた。兄も泣いた。ぼくが説得したんだ、ぼくが入らせたんだ、と言った。

ある夜、父は目を覚まし、だれかがドアを開けようとしているのを耳にした。ベッドを出て身をひそめ、泥棒と出くわすんじゃないかと思った。パブロを見つけた。鍵を錠――その錠は開けるのにこつがいった――に差し込んで、必死に開けようとしていた。リュックサックには工具と懐中電灯を入れていた。わたしは、二人が何時間も怒鳴りあっているのを耳にした。そして兄が父に頼んでいたのを覚えている。お願い、引越ししたいよ、引越さなかったら、おかしくなっちゃう。

わたしたちは引越しをした。兄はそれでもおかしくなった。二十二歳のとき、自殺した。わたしが、ずたずたになった体を兄だと確認した。わたしには選択の余地がなかった。なぜなら、兄がわたしたちの家からかなり遠く、ベッカル駅の近くで、列車に飛び込んだとき、両親は休暇で海辺にいたから。遺書はなかった。いつもアデーラを夢に見ていた。兄の夢の中では、わたしたちの友だちは、爪も歯もなく、口から血を流していた。手は出血していた。

パブロが自殺してから、わたしはその家にもどりはじめた。あいかわらず焼けて黄色いままの庭に入る。黒い目のように開いた窓から見る。警察は、十五年前、その窓をふさいでいたレンガを取り壊した。家の中は、陽に照らされると、梁《はり》と穴の開いた天井、ごみが見える。町内の子供たちは、その家の中で何があったのか知っている。地面には、スプレーで、アデーラの名が書かれた。外側の壁にも。アデーラはどこ？　という落書き。もう一つ、マーカーで書かれたもっと小さなものは、都市伝説にならっている。真夜中に、鏡の前で、ろうそくを片手に、アデーラ、と三回言わなくてはならない、すると、彼女が見たものが、だれが彼女を連れ去ったのか、それが映しだされる。

兄もその家を訪れていて、そうした落書きを見て、ある晩、その昔ながらの儀式を行った。何も見えなかった。彼は拳でバスルームの鏡を割った。わたしたちは病院に連れて行って、縫ってもらわなくてはならなかった。

わたしは中に入る気にならない。わたしを外にいさせる落書きがドアにある。ここでアデーラは生きている、注意！　と書いてある。町内の男の子が、冗談か挑戦するつもりで書いたのだと思う。でもわたしには、その言葉の正しいことがわかってる。ここが彼女の家だということが。そしてわたしは、まだ、訪れる準備ができていない。

パブリートは小さな釘を打った《パブリート・クラボ・ウン・クラビート》——ペティーソ・オレフードの喚起

初めて彼の前に現れたのは、夜の九時半出発のバス・ツアーのときだった。ばらばら殺人鬼エミリア・バシルのものであったレストランから毒殺者ジージャ・ムラーノが住んでいた建物までの区間を巡っているあいだの、話をちょっとやめていたときのことだった。彼が働いている会社が催行するすべてのブエノスアイレス・ツアーの中で、犯罪と犯罪者のツアーがいちばん当たっていた。週に四回行われていた。二回はバス、二回は徒歩で、二回は英語、二回はスペイン語で。パブロは、会社から犯罪ツアーのガイドに指名されたとき、昇進させてくれることがわかった。給料はそのままだが（遅かれ早かれ、その仕事をうまくこなせば、給料も上がることはわかっていた）。その異動を彼はとても喜んだ。それまで「五月大通りのアール・ヌーヴォー建築」ツアーをしていた。とても興味深かったが、しばらくすると飽きていた。

ツアーで説明する十件の犯罪を、面白く、はらはらさせながら、うまく話せるよう詳細に調べたが、彼は怖くならなかったし、心を動かされることもなかった。だから、それを見たとき、怖いというよりは、むしろ驚いた。それは、間違いなく、明らかに、彼だった。優しさにあふれているような大きな潤んだ目、だが実際は白痴の暗い井戸だった。黒っぽいベスト、小柄な体、やせこけた肩、そして両手には細いロープ――ピオリンとそのころは呼ばれていた――、それを使って、彼は、どんなふうに自分の生贄《いけにえ》たちを縛ったり首を絞めたりしたかを、まったく感情を表に出すことなく警察に説明した。そして先のとがった感じのいい大きな耳はカイェタノ・サントス・ゴディーノのもの、通称、でか耳のちび《ペティーソ・オレフード》、ツアーでいちばん著名な、おそらくアルゼンチン警察記録の中で最も有名な犯罪者。子供と小動物の殺し屋。読むことも計算することもできない、週日を区別することのできない、ベッドの下に死んだ鳥をいっぱい詰めた箱をしまっていた殺人犯。

だがそこに、パブロが見ているところに彼がいるはずがなかった。ペティーソ・オレフードは、一九四四年に世界の果て、ティエラ・デル・フエゴにあるウスアイアの元刑務所で死んだ。今、二〇一四年の春に、彼の殺人現場を巡るバスの幽霊乗客として、いったい何ができるのか。間違いなく彼だった。だれかと取り違えるはずがなかった。その幽霊は、保管されている、その時代の数多い写真とまったく同じだった。そのうえ、彼をよく見るには十分な照明があった。バスがライトをつけていたからだ。彼は通路のほぼいちばん後ろに立っていた。ピオリンを使って実演しながら、彼を、ガイドを、パブロを、いくぶん無関心に、でもはっきり見つめながら。

ついさっき、パブロはペティーソの話を終えていた。二週間まえからしてきて、その話は大好きだった。ペティーソ・オレフードは、今とはひどくかけ離れたブエノスアイレスを脅かしていたため、その人物像を頭から信じ込むのは難しかった。それでも何かが彼の心を強く揺さぶっていたに違いない。他のだれも見ていないのに——乗客たちは盛んにおしゃべりし、視線は、彼に留まることなく、素通りしていた——、ペティーソが現れたからだ。パブロが頭を振り、ぎゅっと目を閉じ、そして開けると、ロープを持った殺人犯の姿は消えてしまっていた。僕はおかしくなってきてるんだろうか、と彼は思った。そして安直な心理学を頼りに、ペティーソが彼の前に現れるのは、自分に息子ができたばかりで、子供たちだけがゴディーノの犠牲になったから、と結論づけた。小さな子供たち。パブロはツアーで、彼の残忍さはどこから来ているのかを、当時の法医学者たちが信じていたように、語っていた。ゴディーノ夫妻の最初の子供、つまりペティーソの兄は、一家がアルゼンチンに移住するまえ、生まれて十か月のときに、イタリアのカラブリアで死んだ。亡くなったその赤ん坊の思い出が彼につきまとった。犯罪の多くで——そして、未遂のものとなると、はるかに数知れないが——埋葬の儀式を繰り返した。逮捕後、彼を尋問した刑事たちに言った。「だあれも、死からもどらない。兄さんはもどらなかった。地面の下で腐るだけ」

パブロは、ツアーで停車する場所の一つ、ロリア通りとサン・カルロス通りの交差点で、最初の埋葬のまねごとの話をしていた。そこでペティーソは、リニエルス通りの安アパートに住む隣人、十八か月の女の子アナ・ネリを襲った。そのアパートはもう存在していないが、それがあった土地はツアーで停車する場所になっており、そこでは事件のもつ様々な背景を関連づけて簡単にまとめ、ヨーロッパの貧困から逃げ出してアルゼンチンに到着したばかりの移民たちの生活状況をツアー客に説明する。彼らは、じめじめした、汚い、騒がしい、風通しの悪いアパートにごたまぜ、すし詰めになっていたが、それはペティーソにとって理想的な環境だった。居心地の悪さと無秩序が子供たちを通りに追いやることになったからだ。そうした部屋で暮らすことはどうにも耐え難いため、人々は歩道で時を過ごす、とりわけ子供たちはあたりをうろついていた。

アナ・ネリ。ペティーソは彼女を空き地に連れていき、石で殴った、そして女の子が気絶すると、埋めようとした。その作業をしているところを警官に見つかると、ペティーソはアリバイをでっち上げた。赤ん坊を助けようとしてた、だれかに襲われたんだ。警官は彼の言うことを信じた。たぶん、ペティーソ・オレフードも子供だったから。そのとき、九歳だった。

アナがその襲撃から回復するのに半年かかった。

埋葬のまねごとを伴う襲撃はそれだけではなかった。一九〇八年、学校をやめてまもなく――そして傍目には癲癇《てんかん》に見える発作が始まったすぐあと、ただ、ペティーソが起こしていた引きつけの原因は、ついにつきとめられなかったが――彼はセベリノ・ゴンサレスという男の子を聖心学院の前の空き地まで連れていった。その土地には小さな、馬の囲い場があった。ペティーソは、馬たちが水を飲む桶にその子を沈め、木の蓋《ふた》で隠そうとした。まえより凝《こ》ったまねごとだった。つまり棺の模倣。ふたたび、通りかかった警官が犯罪を防いだが、ペティーソは、ほんとに子供を助けてるんだ、とまた嘘《うそ》をついた。しかし、その月、ペティーソは自制できなかった。九月十五日、二十か月の幼児、フリオ・ボーテを襲った。彼は、コロンブレス六三二のその子の家の戸口でその子を見つけた。手にしていたタバコで片方の瞼《まぶた》を焼いた。二か月後、ペティーソの両親は彼がいることに、彼の行動に耐えられず、直接、警察に引き渡した。結局、十二月にはマルコス・パス少年院にいた。そこで書くことを少し学んだが、彼がとりわけ目立ったのは、コックが目を離した隙に、台所の湯気の立っている大鍋に猫やショートブーツを放り込むからだった。ペティーソはマルコス・パス少年院に三年入っていた。退院したときには、殺したいという欲求がかつてないくらい強く、すぐに最初の、待ち望んだ殺人を犯すことになりそうだった。

パブロはいつも、ペティーソの章を逮捕後に警察がした尋問で終えていた。それはツアー客に強烈な印象を残すようだった。写実的効果がいっそう高まるよう、それを読んだ。ペティーソがバスに姿を現した夜、パブロは彼の言葉を繰り返すまえ、なんとなく居心地が悪くなったが、いつもどおり言うことにした。ペティーソはただ彼を見つめ、ロープをいじっていた。脅してはいなかった。

「あなたは自分のやったことに良心の呵責《かしやく》を覚えませんか?」

「質問してることがわからない」

「呵責というのが何か知りませんか?」

「うん」

「子供たち、ヒオルダーノ、ラウローラ、バイニコフの死に悲しみとか苦痛とかを感じますか?」

「ぜんぜん」

「自分には子供を殺す権利があると思いますか?」

「俺《おれ》だけじゃないよ、他のやつらもやってる」

「どうして子供たちを殺したんですか？」

「殺すのが好きだったから」

　この最後の答にツアー客はそろって首を横に振った、彼らはたいてい、犯罪が代わって、もっと理解しやすいジージャ・ムラーノに移ると喜ぶ。ジージャは親友たちを毒殺したが、それは彼女たちがジージャに借金していたからだった。欲から生まれた人殺し。わかりやすい。一方、ペティーソは皆を不快にする。

　その夜、家に帰ったとき、パブロは、ペティーソの幽霊を見たことを妻に話さなかった。同僚たちにも。だがそれが普通だった、仕事で問題を抱えたくなかったから。一方、妻に幽霊の話ができないのは嫌だった。二年まえなら話していたかもしれない。二年まえ、二人がまだ、どんなことでも怖がらずに、疑わずに、打ち明けることができていたときには。子供が生まれてから多くのことが変わったが、これがその一つだった。

　子供は、ホアキンという名前で六か月になるが、パブロはまだ「赤ちゃん《べべ》」と呼んでいた。ホアキンが好きだった——少なくとも、そう思っていた——が、べべは彼にあまり注意を向けず、まだ母親にくっついていた、そして彼女は手伝わなかった。まったく手伝わなかった。別人になってしまった。臆病で、疑り深く、思い込みの強い。ときには、産後鬱病《うつびょう》になっているのでは、とパブロは思った。また、ときには、彼は、ただ不機嫌になり、子供が生まれるまえの年月を懐かしく、ちょっぴり——とても——腹立たしく思い出した。

　今やすべてが違っていた。たとえば、彼女はもう彼の言うことを聞いていなかった。聞いているふりをした。頬笑み、うなずいたが、べべのためにカボチャやニンジンを買うことを考えていた、あるいは、べべの腰の皮膚のかぶれは使い捨ておむつのせいなんだろうか、それとも何か発疹性の病気なんだろうか、と。彼の話を聞いてなかったし、セックスをしたがらなかった、会陰《えいん》切開のあと、癒合しおわっておらず、痛んだからだ。おまけにべべが一緒にダブルベッドで寝ていた。子供のために用意した部屋はあったが、彼女はべべをひとり寝かせておく気にはなれず、「乳幼児突然死症候群」を怖がっていた。パブロは、彼女の不安をなんとかやわらげようとしながら、何時間もその突然死の話を聞かなくてはならなかった、彼女は怖がったことがなかった、以前、彼の山登りにつきあい、外は雪が降っているあいだ避難小屋で寝たことがあった。彼女は、彼とキノコを食べ、週末はずっと幻覚をみていたことがあった、そんな女性が、今や、来なかった死、おそらく絶対に来ない死のことで泣いていた。

パブロは、なぜ子供をもつことがいい考えに思えたのか、思い出せなかった。彼女は他のことは話さなかった。近所の人たち、映画、身内のスキャンダル、仕事、政治、食事、旅行のおしゃべりは終わってしまった。今や、彼女はべべの話しかせず、他の話題になると、聞いているような振りをした。まるで彼女を深い眠りから目覚めさせるかのように、彼女が心に留めそうなものは、ペティーソ・オレフードという名前だけだった。まるで彼女の心はその白痴の人殺しの目を思い描いて輝くかのようだった。まるで彼女はロープをつかむその細い指を知っているかのようだった。あなたはペティーソに取り憑かれている、と彼女はパブロに言った。彼はそうは思っていなかった。ただ、ブエノスアイレスを巡る不気味なツアーの他の人殺したちは退屈だった。町には、政治的正当性を理由にしてツアーに含めない独裁者たちを除外すれば、名だたる人殺しはいなかった。パブロが話す人殺しの何人かは残虐な犯罪を犯していたが、病に起因する暴力のどんなリストでもかなりありふれたものだった。ペティーソはまれだった。変わっていた。動機が自分の欲望しかなく、メタファーのようなものだった、建国百年の誇り高いアルゼンチンの暗い面、来るべき悪の予兆、国には宮殿や牧場よりずっと多くのものがあるという警告、憧れの華麗なヨーロッパからは良いものしか到来しえないと信じているアルゼンチンのエリートたちの偏狭な愛郷心に対する平手打ちだった。とりわけ見事なのは、ペティーソがそうしたことをまったく自覚していなかったことだ。彼はただ子供たちを襲い、火をつけたいだけだった。なぜなら放火癖もあったからで、尋問者たちの一人に言ったところでは、炎を見て、消防士たちが働いているのを、「とりわけ、火の中に倒れる」のを眺めるのが好きだった。

火が出てくるその話が彼の妻を怒らせた。彼女は、二度とペティーソの話をしないで、二度と、なにがなんでも、と叫びながら、テーブルから立ち上がった。まるでペティーソが現れて、べべが襲われるのを怖がっているかのように抱きしめながら、そう叫んだ。そのあと、部屋に閉じこもり、彼にひとりで食事をさせた。彼は心の中で、彼女を罵倒した。その話は実際、印象的だった。そんなに大騒ぎにはならなかったが、と彼は思っていた、そう、とっても残忍だった。それは一九一二年三月七日に起きた。五歳の女の子レイナ・ボニータ・バイニコフは、ラトビアのユダヤ人移民の娘で、エントレリオス大通りの自宅近くにある靴屋のショーウィンドウを見ていた。その女の子は白い服を着ていた。彼女が靴の光景に心を奪われているあいだに、ペティーソは彼女に近づいた。火のついたマッチを手にしていた。炎を服につけると燃え上がった。その子の祖父は、彼女が火に包まれるのを正面の歩道から見た。必死になって、通りを走って渡った。その女の子に近づくことさえできなかった。動揺していて、車の流れに注意していなかったからだ。彼は轢《ひ》かれて、死んだ。当時の車がスピードが出ないことを考えると、実に奇妙な出来事だった。レイナ・ボニータも死んだが、苦しい瀕死状態で十六日過ごしたあとのことだった。

哀れなレイナ・ボニータの殺害はパブロのお気に入りの犯罪ではなかった。彼が好きなのは――本当なのだから、仕方がない――三歳のヘスアルド・ヒオルダーノが殺害された事件だった。もちろん、それはツアー客たちをいちばんぞっとさせたもので、おそらく、だからこそ彼は好きだった。なぜなら、その話をして、聴衆の反応を、いつも怖がるその様子を見るのが楽しみだったから。それに、それは、致命的なミスを犯したせいで、ペティーソが捕まった犯罪でもあった。

ペティーソは、すでに習慣になっていたように、ヘスアルドを空き地まで連れていった。ロープを十三回巻いて彼を絞め殺した。その男の子は精一杯抵抗した。泣き、叫んだ。まえみたいに邪魔されたくなかったんで、黙らせようとしたんだ、とペティーソは警官に言った。「その子供のここんとこ、口の近くにかぶりついて、犬が猫にするみたいに揺さぶってやった」。そのイメージがツアー客たちを不快にした。座席でもぞもぞし、小声で、「なんてことを」と言った。それでも、話をやめろ、とは一度も言わなかった。ヘスアルドを絞殺すると、ペティーソは、薄板をかぶせ、通りに出た。しかし、何か引っかかるものがあり、うずうずするような計画を練り上げた。だからすぐ犯罪現場にもどった。釘を持っていた。もう死んでいる子の頭にそれを打ちつけた。

　翌日、彼は致命的なミスを犯した。なぜかわからないが、自分が殺した子の通夜に出たのだ。あとになって彼は、まだ頭に釘が刺さってるかどうか見たかったんだ、と言った。この欲求を自白したのは、死んだ子の父親の告発のあと、検死の立ち会いに連れていかれたときのことだった。ペティーソは遺体を見たとき、とても奇妙なことをした。遺体はまだ腐り始めてはいなかったのだが、まるでむかついたかのように、鼻をふさぎ、唾を吐いたのだ。当時の警察調書は説明していないが、何かの理由で、警官たちは彼を裸にした。ペティーソは十八センチ勃起していた。十六歳になったところだった。

　妻にその話をすることはできなかった。あるとき、ペティーソの最後の犯罪に対するツアー客たちの反応を話そうとしたことがあったが、話を始めるまえに、もう、彼女が自分の言うことを聞いていないことに気づいた。赤ちゃんが大きくなったら、もっと大きな家に引っ越さなくちゃいけない、と彼女は主張した。アパートで育てたくなかった。中庭を、プール、娯楽室、そして子供が通りで遊べるような閑静な地区を望んでいた。この最後のものは、ブエノスアイレスのように大きく強烈な町にはほとんど残っていず、また、豊かで平穏な郊外に引っ越すことは彼らの経済力からかけ離れていることは彼女にはよくわかっていた。将来に対する自分の望みを並べ立てたあと、彼女は、仕事を替えて、と彼に頼んだ。それはできない、と彼は応えた。僕は観光学の学士で、うまくいってるし、やめるつもりはない、楽しんでるし、わずかばかりの時間だし、学んでるんだ。給料ははした金よ。いいや、はした金じゃない、とパブロは怒った。よく稼いでいる、家庭を人並みに支えるには十分だと思っていた。この見知らぬ女はいったい何者だ？　いつだったか、あなたとなら、ホテルでも、通りでも、木の下でも暮らせる、と彼に誓ったことがあった。みんなべべのせいだった。べべが彼女をすっかり変えてしまった。でもどうして？　かわいげのない、退屈な、寝てばかりの子で、目を覚ましてるときには、ほとんど泣きっぱなし。もっと金がいるんなら、どうして働かないんだ、とパブロは妻に言った。すると彼女はパニックになったのか、まるで気が変になったみたいに悲鳴を上げた。わたしは赤ちゃんの世話をしなくちゃならないのよ、どうするつもり、ベビーシッターか、いかれたお祖母《ばあ》ちゃんに任せるの？　僕の母はいかれてない、とパブロは思った、そしてまた大声で喧嘩《けんか》をしないよう、タバコを喫いに歩道に出た。これがもう一つのことだった。つまり、赤ん坊が生まれてから、彼女はアパートの中でタバコを喫わせてくれなくなったのだ。

口論をしたその翌日、ペティーソはふたたびバスに来た。今回はまえより彼に近く、ほぼ運転手の横だったが、明らかに運転手には見えていなかった。パブロは自分が変わったとは思っていなかったが、ただ少し不安だった。ツアー客のだれかにも幽霊のペティーソが見え、バスの中でヒステリーを起こすのではないかと心配した。

両手にロープを持って現れたとき、ツアーの最後のほうのバス停の一つ、パボン通りの家にいた。そこはペティーソの最も年長の犠牲者たちの一人が見つかったところ、彼の最もおかしな襲撃の一つがあらわになったところだった。アルトゥーロ・ラウローラ、十三歳、自分のシャツで絞殺されていた。その男の子の遺体は廃屋の中で発見された。パンツをはいていず、尻が傷つけられていたが、レイプされてはいなかった。パブロがその事件の話をしているあいだ、幽霊のペティーソは、彼の横に立って、姿を消したり現したり、震えたり、まるで煙か霧でできているかのように、かすんだりしていた。

幾多の夜で初めて、だれかが質問しようとした。パブロは、その物好きに、うわべをつくろって、頬笑みかけた。そのツアー客は――訛りからするとカリブ人だった――、ペティーソが他のときにも犠牲者たちの頭に釘を打ったのかどうか知りたがった。いいえ、とパブロは答えた。知られてるのは、その一回だけですね。どうにも変だな、とその男は言った。そして、ペティーソの犯罪歴がもっと長かったら、おそらく釘は彼のトレードマークに、彼のサインになっていたのに、とあえて言った。たぶんそうですね、とパブロは幽霊のペティーソが消えてしまうのを見ながら、愛想よく答えた。カリブ人は顎《あご》をかいた。

パブロは釘のことを、そして、子供のころ母親が教えてくれた早口言葉のことを考えながら家に帰った。「パブリートは小さな釘を打った《パブリート・クラボ・ウン・クラビート》／どんな小さな釘をパブリートは打った《ケ・クラビート・クラボ・パブリート》？／とってもちいちゃな釘《ウン・クラビート・チキティート》」。アパートのドアを開けると、ここ数か月の見慣れた光景があった。つけっぱなしのテレビ、ベン10の図柄の皿とカボチャの残り、半分空っぽになった哺乳瓶、そして明かりのついた彼の部屋。彼はドアから中をのぞいた。妻と子供がベッドで、一緒に、寝ていた。二人を知っていないように思えた。

パブロは、子供が生まれるまえ子供のために自分で飾りつけた部屋のほうに歩いた。がらんとしていて、寒さを感じた。動かない揺りかごは暗かった。喪《も》に服した家族によって手つかずのままにされている、死んだ子供の部屋のように思えた。妻が心配しているように、子供が死んだらどうなるんだろう、とパブロは思った。その答はわかっていた。

何もかかっていない壁にもたれた。何か月かまえ、子供が生まれるまえ、妻が別人になるまえ、モビールを、夜楽しませるために揺りかごの上で回る宇宙をつるす計画を立てた。月、太陽、木星、火星、そして土星、惑星に衛星、そして暗闇で輝く星々。しかし、それをつるすことはなかった、妻が赤ん坊にはそこで寝てもらいたくなかったから、そして妻を納得させる手立てがなかったから。壁に触れると、釘に当たった。その釘は彼を待ち続けていた。一気に引き抜き、ポケットに入れた。自分の話に劇的効果をもたらすものになると思った。ヘスアルド・ヒオルダーノ事件を語っているときに、ペティーソがもどって、もう死んでいる子の頭にそれを打ちつけるまさにその瞬間、ポケットから取り出す。もしかするとお人よしのツアー客のだれかが、まさにその釘だ、犯罪の百年後にも完全に保存されていたんだ、と思いさえするだろう。自分のささやかな勝利を考えて頰笑み、リビングのソファで寝ることにした。妻と息子から遠く離れ、指に釘をはさんで。

蜘蛛の巣

蚊に守られた流れの激しい川があり、数分のうちに澄んだ水色から嵐の黒に変わる空が広がる、そんなブラジルとパラグアイにとても近い多湿の北部で息をするのはいっそう難しい。その困難さは到着したとたん、まるで激しい抱擁《ほうよう》でしめつけられるかのようにすぐ感じられ始める。そしてなにもかもがいっそうゆったりとしている。昼寝の時間に自転車がたまに人気のない通りを走る。アイスクリーム屋は、天井の扇風機がだれに向けてでもなく回っているのに、見棄《みす》てられたように見える。蟬《チチャラ》は、自分の隠れ場でヒステリックに悲鳴を上げている。わたしはチチャラを一匹も見たことがない。ぞっとしない虫、緑色の羽を震わせる派手な蠅《はえ》で、すべすべした黒い目で見つめるの、とわたしの伯母は言う。わたしはチチャラという名前は好きじゃない。幼虫のときにだけ使われるシカダという名前のままでずっといてほしい。シカダと呼ばれれば、彼らの夏の騒ぎは、パラナ川沿岸道路や外付き階段と柳の木のある白い石造りの邸宅に植わっているジャカランダのすみれ色の花を思い出させる。でも、チチャラだと、暑さを、腐った肉、停電、広場のベンチから血走った目で見つめる酔っ払いたちを思い出させる。

その年の二月、わたしはコリエンテスの伯父夫婦を訪ねて行った、二人の小言にうんざりしていたから。おまえは結婚したけど、わしたちはおまえの旦那を知らない、そんなことってあるか、旦那を隠してるんだ。いいえ、とわたしは、電話で、笑って言った、どうして隠し続けられるの、会ってもらえるとうれしいわ、すぐに行くから。

でも彼らの言うとおりだった。わたしは彼を隠していた。

伯父夫婦は、わたしの母の思い出の唯一の保管者だった、母は彼らのお気に入りの妹で、わたしが十七歳のとき、ばかげた交通事故で死んだ。喪《も》に服し始めた数か月、彼らは、北に引っ越して一緒に暮らそう、と言ってくれた。わたしは、いや、と言った。彼らはよくわたしに会いに来た。お金をくれた、毎日、電話をかけてきた。わたしの従姉妹《いとこ》たちは、週末はいつも一緒にいてくれた。でも、わたしは見棄てられた気分で居続けた、そして寂しさのせいで、あまりにも速く恋に落ち、捨て鉢になって結婚し、そして今は、フアン・マルティンと暮らしているが、彼はわたしを苛立たせ、うんざりさせる。

わたしは、他人の目が彼を変えうるかどうかを知るため、伯父夫婦に会わせに連れて行く決心をした。失望するには大きな家の広い中庭での食事で事足りた。フアン・マルティンは蜘蛛《くも》が脚をかすめたとき悲鳴を上げ（「ピンクの十字のないやつだったら、心配いらん」と、わたしの伯父のカルロスが、タバコをくわえたまま、彼に言った。「毒のあるのはそいつらだけだ」）、ビールを飲みすぎ、どんなにうまく仕事をしてるかを恥ずかしげもなく話し、州の「大きな遅れ」に気づいている、と何度か意見を述べた。

食事のあと、彼は伯父のカルロスとウイスキーを飲み、わたしは台所で伯母の手伝いをした。

「そうね、おまえ、彼はもっとひどいかもしれないね」と、わたしが泣きだしたとき、彼女は言った。「ウォルターみたいかもしれないね、わたしに手を上げてたころの」

わたしはうなずいた。フアン・マルティンは暴力的ではないし、嫉妬深くもない。でもわたしに嫌悪感を抱かせていた。彼が話すのを聞くときにはうんざりする、セックスをするときには痛みを感じる、子供をもつとか家をリフォームするとかいったプランを彼が打ち明けるときには口をきかない、いったい何年、そんなふうに過ごしたんだろ？　わたしは洗剤だらけの手で涙をぬぐった、目がひりひりし、いっそう涙が出た。伯母は蛇口の下にわたしの頭を突っ込み、十分のあいだ、水で目を洗い流させた。そんなところにナタリア、彼女の長女、わたしの大好きな従姉《いとこ》がやって来た。ナタリアは、いつも日焼けしていて、長くて黒い髪はぼさぼさ、そしてとてもゆったりした白い服を着ている。まだ瞬きするのを止められず、ひりひりし、かすんでいるような目で彼女を見た。植木鉢を手にし、タバコを喫っていた。コリエンテスではだれもがタバコを喫っている。健康に悪い、とだれかがそれとなく言うと、だれもが困ったようにその反対者をじっと見つめたあと、少し笑うのだった。

ナタリアは台所のテーブルに植木鉢を置き、伯母、彼女の母親に、もうアザレアは植えたわ、と言い、挨拶《あいさつ》代わりにわたしの頭にキスした。わたしの夫はナタリアが嫌いだった。彼には彼女が肉体的に魅力があるようには見えなかった、その点ではほぼ彼のほうがどうかしていた。わたしは彼女ほど美しい女性を見たことがなかったのだから。でも、そのうえ、彼はナタリアを軽蔑《けいべつ》していた。彼女はトランプ占いをするし、民間療法のことを知っているし、なにより、霊と交信していたからだった。君の従姉は無知だ、とファン・マルティンは言った。わたしは彼を憎んだ。ナタリアに電話して、彼のために霊薬を何か処方してもらおうと思った、毒薬さえ頼もうと思った。でも、些細なことはどれも見過ごしていたように、そのままにしておいた。そのあいだにわたしの胃の中では、空気にも食べ物にもほとんど隙間を残さないような白い石が大きくなっていた。

「明日、アスンシオンに行くわ」とナタリアが言った。「織細なレース《ニャンドゥティ》のテーブルクロスを買わないといけないの」

お金を稼ぐために、ナタリアはその町の目抜き通りで手工芸品を売るちょっとした商売をしていて、いちばんいいニャンドゥティを選ぶ素晴らしいセンスがあることで有名だった、そのパラグアイの伝統的なレースは女性たちが木枠の中で編んでいた。繊細《せんさい》で多彩な、糸の蜘蛛の巣。彼女はお店の奥に、小さなテーブルを置き、そこで、お客さんの好みに合わせて、スペイン式のトランプかタロットを使って占いをしていた。よく当たると言われていた。わたしはそれを確かめることができなかった、彼女に占ってもらいたくなかったから。

「一緒に行かない？　旦那を連れてこ。彼、アスンシオンに行ったことある？」

「ううん、まさか」

ナタリアは中庭までぱたぱた音を立てて歩いて行き、伯父のカルロスとファン・マルティンにキスをして挨拶した。たっぷりの氷にウイスキーを注ぎ、足の指を伸ばした。わたしは目をはらして台所から出た。するとフアン・マルティンは、どうしてそんなばかやってられるんだ、角膜を痛めてたら、急いでブエノスアイレスに帰らなくちゃいけないだろ、と言った。

「どうして？」と、グラスの氷を動かしながら、ナタリアが訊いたが、その音は、午後の暑さの中、小さなベルのように響いた。「ここの病院はとってもいいわよ」

「比べ物にならないよ」

「あんたはまったく役立たずのブエノスアイレスっ子ね」。そう言ったあと、彼女はアスンシオンに誘った。「わたしが運転する」と彼に言った。「お金があるなら、いろいろ買えるわよ、なにもかも安いから。三百キロだから、早く出たらその日のうちにもどれる」

彼は受け入れた。わたしにはありがたかった。そのあと、昼寝に行ってしまった、一緒に行こう、とわたしにほのめかしさえしなかった。わたしにはありがたかった。暑い中庭に従姉と残った。彼女はウイスキー、わたしは冷えたビール、もっと強い飲み物を飲めなかったから。彼女は新しい彼氏、州でいちばん大きなスーパーチェーンの持ち主の息子の話をした。彼女にはいつも金持ちの彼氏がいた。今度の恋人も他の彼氏たちと同様、彼女にとってはどうでもよかった。彼女は感傷的になって話していたが、その男に興味があるのは軽飛行機を持っているからだった。先週、彼女を空中散歩に連れて行った。美しいわよ、と彼女はわたしに言った。残念ながら少し揺れるの、飛行機が小さければ小さいほど、大きく揺れる。知らなかったわ、とわたしは言った。わたしも、おたがいおばかね、あたりまえのことなんだから。空の上にいたとき、怖い目にあったの、と彼女は話し続けた。

野原の上を北に向かって飛んでた、すると突然とっても大きな火事を見たの、家が燃えてて、濃いオレンジ色の火、黒い煙がもうもうと上がる、そして家が内側に崩れていくのが見えた。彼が飛行機を旋回させて、その火事が視界から消えるまで、見つめに見つめた。でも十分後にもどってその上を通ると、火事が消えてしまってた。

「場所を間違えてたんでしょ、それに、上空から場所を見分けられるほど、しじゅう飛行機に乗ってるわけでもないでしょ」

「わかってないわね、地面が焼けた跡と家の残骸があったの」

「じゃあ、火が消えたんだ」

「どうやって？　消防士が五分でやって来た？　野原の真ん中だったのよ、ええと、それにわたしが見たとき、炎はとっても高く上がってたし、雨は降ってなかった、ぜんぜん！　十分なんかで消えるはずなかったの」

「彼氏に話した？」

「もちろん、でも彼は、君はいかれてる、僕はどんな火事も見てない、と言ったわ」

わたしたちは見つめ合った。わたしはほとんどいつも彼女の言うことを信じていた。あるとき、お祖母ちゃんの部屋に入っちゃだめ、タバコを喫ってるから、と彼女は言った。わたしの祖母、わたしたちの祖母が亡くなって十年たってた。言うことを聞き、入らなかった。でも空気に、祖母が喫う小さな葉巻のきつい臭いを感じた、煙は出てなかったけど。

「それじゃ、調べないといけないわ、尋ねるの」

「気が進まない」

「どうして？」

「その火事がもう終わったのか、この先起きるのかわからないから」


わたしたちは暗いうちに、明け方の五時に出発した。ファン・マルティンはナタリアとわたしの二人だけで行かせかねなかった。彼の話だと、暑いのと停電で扇風機が止まったせいでほとんど寝てないからだった。でもわたしは、暗闇で目を覚ましてて、彼がいびきをかき、寝言を言ってるのを聞いた。彼は嘘《うそ》をつき、ぼやく、そして日々、前日の繰り返しだった。従姉のナタリアは、八〇年代にはいちばん一般的な車、ルノー12を持っていた、そして陽が11号線に昇り始めると、たくさんのイトトンボがワイパーに引っかかって死んでいるのがわかった。多くの人がそれをトンボと混同している、でもイトトンボは、科は同じだけど、別物。トンボほど優美じゃなく、ぞっとしない目はもっと離れてて、まっすぐの、なんとなくペニスみたいな体は、もっと長い。もっとものぐさでもある。わたしはいつもそれが怖かったし、何年かあと、若者のあいだで流行《はや》るのが理解できなかった。彼らは、優しいデザインで、イルカや蝶のタトゥーを入れてた、そして盲目のぞっとしないトンボも。それを水《アグア》と関連づけて「アグアシル」と呼ぶ人たちもいる。とっても暑いとき、雨のまえに群れをなして現れるからだ、その名はわたしには「執行官《アルグアシル》」を思わせる。そして、大勢の人が、それが空中の警官でもあるかのように、その虫をそう呼んでいるのだと思う。

アスンシオンまでの道は単調で、退屈だった。ときどき湿地とヤシ、ときどきジャングル、たまに小さな町か村。ファン・マルティンは後ろの座席で寝ていた、そしてわたしはときどきバックミラーで彼を見た。かっこいい髪形にラコステのワニのついたセーター、抜群のやり方で魅力的だった。ナタリアはロングサイズのベンソン&ヘッジスを喫っていたけど、わたしたちは話をしなかった、猛スピードで運転していたし、音が大きいので叫ばないといけなかったから。わたしは自分の結婚生活のことをもっと話したかった。どんなふうにファン・マルティンが絶えずわたしを咎《とが》め立《だ》てするか。もしもわたしが食事を出すのが遅いと、わたしは役立たずで、「いつも、なんにもせずにそこに突っ立ってる」だれか。もしも何かを選ぶのが遅いと、いつもとても決断力があって超然としてる彼に時間を無駄遣いさせてる。どのレストランに行くか十分も迷っていると、怒りで荒い鼻息と意地悪な返事の一晩になる。わたしは、言い争わないよう、さらに悪くならないよう、いつも詫《わ》びる。彼の嫌なところをあらいざらい言ったためしがない。食事のあと、げっぷをする、頼んでもバスルームの掃除をしない、物の品質をいつもぼやく、もう少し機嫌よくして、と頼むと、もう手遅れだ、我慢できなくなった、といつも言う。でもわたしは黙った。昼食で車を停めたとき、わたしは従姉とトウモロコシ粥《ポレンタ》を分け、ファンは毎日食べてるステーキとサラダを食べた、他のものは食べたがらなかった。たぶんミラノ風カツレツか牛ミンチとマッ《パステル・》シュポテトのパイ《デ・パパス》なら食べた。それと、ピザ、でも週末だけ。

彼は退屈な人、そしてわたしはおばかだった。トラック運転手のだれかに、わたしを轢《ひ》いて道路に置きっぱなしにして、はらわたが飛び出てるままにして、ときどきアスファルトの上で牝犬たちが死んでるのを見たけど、あんなふうに腹を裂かれたままにして、と頼みたかった。そんな犬たちの何匹かは妊娠してたため、重すぎて、残忍なタイヤをかわせるほど速く走れなかった。そしてそのまわりでは、子犬たちがみんな死にかかってた。

パラグアイに入るのに一時間を切り、わたしたちはパスポートの準備をした。入国管理所の役人たちは背が高く、肌の浅黒い軍人だった。一人が酔っ払っていた。たいして気にも留めずに通してくれたが、わたしたちのお尻を見つめ、くすくす笑いながら小声であれこれ言ってた。彼らの態度は予測できたし、かなり丁重なものだった。彼らがそこにいるのは怖がらせるため、どんな挑発も思いとどまらせるためだった。ファン・マルティンは——検問所からもう遠くなったとき——、通報しないといけない、と言い始めた。

「じゃあ彼らが政府だったら、だれに通報する?」と、ナタリアが訊いた。そしてわたしは、彼女のことをよく知っているので、からかいとは別のものをその声の中に聞きとった。軽蔑があった。そのあと彼女は疑うような目でわたしを見つめた。でもわたしたち三人、だれもそれ以上言わなかった。ナタリアは、アスンシオンをよく知っていて、メルカード4にすぐ着き、二ブロックほど先で車を置き、ロックをかけた。わたしたちは、時計やテーブルクロスの売り子たち、物乞いの子供たち、母親と車椅子に乗った娘につきまとわれながら、歩いた、すべてが、うぐいす色の軍服を着て、旧式の、古くてほとんど使われたことのないように見える大きな銃を持っている軍人たちの監視下にあった。

メルカードの暑さと臭いがからだにこたえた。わたしはオレンジ《ナランハ》の露店の近くで足を止めた。そこではナランハを「グレープフルーツ《トロンハ》」と呼んでいる。ゆがんだ臍《ヘソ》のようなものがついていて、味は薄い。入口近くの露店では、小さな蝿が数匹、果物のまわりを飛んでいた。わたしは嫌いだ。蝿がむかつくからというのじゃなくて、単に、どうやって殺すのか知らないから。果物にひきつけられた小さな蝿たちは、小さな空飛ぶ暗闇のかけらのように見える。なぜなら、その虫の羽や脚、あるいはどんな特徴を見るにしても、目にとても近づけないといけないから。売り子が、三グアラニ、二グアラニ、一グアラニと値段を下げに下げても、買わなかった。手押し車を押す人たちが、いくつかが果物、いくつかがテレビやダブルカセットのテープレコーダー、別のが衣服、そんなものが入っている箱を持って、通路を走りまわっていた。ファン・マルティンは黙っていたし、ナタリアは白い服に、ヒールのないサンダルをはいて、毅然として、先を歩いていた、暑さのせいで髪をくくり、そのポニーテールが、まるで自分専用の風があるみたいに、右に左に揺れていた。

「これはみんな密売だ」と突然ファン・マルティンが言った、それもひどく大きな声で言った、まるで何人かの露店商やあちこち動いてる売り子たちの視線を自分に向けさせようとするみたいに。わたしは急に立ち止まり、彼の腕をつかんだ。そんなふうに言わないで、と彼の耳元で言った。みんな犯罪者だ、いったいぼくをどこに連れてきたんだ、これは君の家族なのか？　吐き気が涙と混じった。あとで話しましょ、今は口を閉じて、と言った、そう、そのとおり、ここには犯罪者が何人かいて、あなたが挑発し続けてたら、わたしたち、殺されるわ。彼を上から下まで見つめた、デッキ・シューズ、腋の下に汗の染み、髪の上にサングラス。もう彼が好きじゃなかった。惹かれもしなかったし、独裁者ストロエスネルの軍人たちに引き渡して、彼を好きなようにしてもらいたかった。

わたしは急いでナタリアの後を追った、彼女はもう、ニャンドゥティを売る婦人の露店にいた。もっと若い女性が鮮やかな色で布を織っていた。そこは、その果てのない騒がしいメルカードの中で、どこか落ち着きのある唯一の場所だった。人々が立ち止まり、値段を訊き、その婦人が小声で答えていた。ラジオの音、パラグアイの民族音楽《チャマメ》、そしてその暑い朝にアスンシオンで安く買い物をしようと集まったわずかばかりのツアー客のために一人の男がひいているハープの音さえしていたのに、その声は聞こえていた。ナタリアは時間をかけた。何枚かのテーブルクロスで迷い、結局、セットものを五つ選んだ。わたしのお気に入りは端と中央にいろんな色——すみれ色、青、ターコイズブルー、緑、赤、オレンジ、黄色——の装飾のある白いもの、それともう一つ、茶色の色調——ベージュからマホガニー色まで——を使っているだけのずっとエレガントなものだった。彼女は、ナプキンとセットになったものを五つ、テーブルランナーを三十くらい、そしてドレスやシャツ、とりわけ、ずっと遠くの露店で手に入れる刺繍入りのオープンシャツ《グアジャベーラ》に縫いつける飾りレースをたくさん買った。その露店を見つけるのにメルカードの通路に入り込まなくてはならなかった。わたしは彼女の後に続き、ファン・マルティンがわたしについてきてるのかどうか気にしなかった。わたしは、どうしてニャンドゥティを「蜘蛛の巣」と呼ぶのか考えてた。たぶん編み方のせいだ。なぜなら仕上がったものが孔雀《くじゃく》の尾羽にとっても似ているから。

羽にある、美しいと同時に不気味な目、のろのろ歩く生き物の上に散らばってるたくさんの目。その生き物は、とっても美しいけど、いつも、疲れてるように見える。

「マルティン、グアジャベーラは欲しくない？」とナタリアはマルティンに言った。彼の名前をきちんと言わなかった。

ファン・マルティンは気分を害してたけど、頬笑もうとした。わたしはその表情をよく知ってた。それは、彼が強がっている顔、「できるだけのことはやった」と言いたいときの表情だった。だから、あとで、帰りになにもかもうまくいかなくなると、それをわたしの顔に投げつけ、口にこすりつけて、ぼくはしようとした、でも君は手伝わなかった、いつだって手伝ってくれないんだ、と言いかねなかった。彼はグアジャベーラを買った、試着しようとはせず、まず洗わなくちゃいけない、と咎めるように、まるでそのシャツに毒がついているみたいに言った。彼は、ナタリアのビニール袋の一つを持ち——たぶんぜんぜん重くなかった、中身は布なのだから——、そして言った。「頼むから、この地獄から出ようじゃないか」。出口の標識がなかったので、彼はわたしたちの後に、実際はナタリアの後に続かなくちゃならなかった、彼の目に不快感と恨みが見えた。

従姉はわたしの腕をつかみ、ファン・マルティンがバルパライソへの新婚旅行のときにプレゼントしてくれた銀とラピスラズリのブレスレットをほめる振りをした。

「わたしたちはみんな、間違いをおかすわ」と彼女は言った。「肝腎なのは、それを直すこと」

「どうやったら直せるの？」

「あなたねえ、解決策のないのは死だけよ」

　ファン・マルティンは、そのメルカードと沿岸道路とのあいだの道が気に入らなかった。彼には町が汚く、みすぼらしく見えた。大統領官邸が気に入らなかった。そしてそのあと、川辺でわたしたちに怒鳴るように言い始めた、どうしてぼくたちは、こんなに無感覚でいられるんだ、腹の出た子供たちが太陽の光の下で、政庁の間近でスイカを食ってるのを見なかったか、なんて糞《くそ》まみれの国だ。わたしたちは彼と言い争いたくなかった。町は貧しいし、暑くて、ごみの臭いがする。でも彼はアスンシオンにうんざりしていなかった、わたしたちに腹を立てていたのだ。わたしはもう泣きたくなかった。彼を怒らせないために、わたしたちはその地区でレストランを探した、そこには庁舎や私立学校、大使館やホテルがあった。つまりパラグアイの金持ちたちがいた。フランコ大統領通りにあるムニチにすぐ着いた。フランコ、独裁者の名を付けてるのか、とファン・マルティンは訊いたけど、それは反語だった。そのレストランの中庭には巨大な聖リタの像があり、テーブルは、三人の軍人が占めている真ん中の席を除けば、どれも空いていた。わたしたちは遠くの席に着いた。ファン・マルティンの話を聞かれないようにするためだけじゃなくて、アスンシオンではいつだって軍人から離れて坐るほうがいいからだ。四方の壁はコロニアル様式で、中庭に切り抜かれた空はすっかり晴れ渡っていた。でもそこには、暑いけど、日陰があった。わたしたちはパラグアイ風のコーン・ブレッド《ソパ・パラグアイヤ》を、そしてファン・マルティンはサンドイッチを頼んだ。軍人たちは、ビールで酔っ払っていたが――テーブルの上と椅子の下に空瓶がいくつもあった――、まず、ウエイトレスに、かわいいな、と言い、そのあと、彼らのうちの一人が、彼女のお尻を触った。まるで悪趣味な映画、冗談みたいだった。ボタンの外れた軍服にたるみ過ぎてるお腹《なか》、口にくわえた楊枝《ようじ》、異様な笑い声、そして彼らをはねつけようとしながら、「ほかに何かお召し上がりになりますか?」と訊いている女の子。でも彼女は彼らをののしろうとはしない。なぜなら彼らは腰に武器を持っていたし、他の武器がいくつか、彼らの背後にある花壇にもたせかけてあったからだ。

ファン・マルティンは立ち上がった。わたしは何が起きるのか想像できた。その子を放っておけ、と彼は叫び、ヒーローになろうとする。そしてわたしたち三人は捕まえられる。独裁政権の留置所で、昼も夜も、ナタリアとわたしをレイプし、わたしの恥毛の上を高電圧の棒で突く。それはわたしの髪の毛と同じ金色で、彼らは生唾を飲みながら、糞ったれの白人《グリンギータ》、糞ったれのアルゼンチン女、と言う、そしてたぶんナタリアは、浅黒い肌だから、感じが悪いから、挑戦的だから、すぐに殺される。そしてそうなるのも、彼がヒーローになって、先の知れないことを試してみなくてはならなかったから。おまけに彼はたいした苦労もしない。なぜなら男たちは後頭部に一発撃ちこまれて、お終《しま》い。パラグアイの軍人たちはゲイなんかじゃない。もちろん、違う。

ナタリアは彼を止めた。でも、連中のしてることがわからないのか? 彼女をレイプするぞ。あたしはなんでもわかる、とナタリアは言った、でもあたしたちにはなんにもできない。もう出ましょ。そしてナタリアは、テーブルにお金を置き、ファン・マルティンを車まで引っ張って行った、軍人たちは、女の子をいじめることに夢中になってて、わたしたちに見向きもしなかった。車で、ファン・マルティンは、わたしたちの臆病さに対して思うことをありったけ、そしてどれほどわたしたちが彼を恥ずかしい思いに、嫌な気分にさせたかを話した。午後六時だった。わたしたちはメルカードでの買い物に、そして夫のわめき声に耐えながら、沿岸道路と中心街を散歩しようとして長い時間過ごした。ナタリアは、コリエンテスで夕食がとれるよう、早い時間に帰り着きたかった。だから太陽が赤くなって、果物売りたちがパラソルの下に腰をおろして冷たいものを飲んでいるときに、車をスタートさせ、アスンシオンを出た。

車は、フォルモーサのどこか、街道の上で止まった。御《ぎょ》しにくい馬のようにがたがたし始め、突然停止した。ナタリアがもう一度始動させようとしたとき、わたしには、苦しそうな疲れきったエンジンの無力な音が聞きとれた。ふたたび始動するにしても、長いことかかりそうだった。完全な暗闇だった、街道のその区間には照明がなかった。でも最悪なのは静けさだった、その静けさは、なにか夜行性の鳥に、植物のあいだを――そこはほぼジャングル、深い森だった――滑走する音に、そして、とっても遠くで響いていて、わたしたちのところに助けに来てくれそうにないトラックの音に、かろうじて破られるだけだった。

「どうしてエンジンを見てみないの?」とわたしは夫に言った。帰りの道を運転すると彼が言い出さないことに、疲れてないか、とわたしの従姉に訊きさえしないことに、わたしはかなり苛立っていた。わたしは運転できなかった。どうしてこんなに役立たずなんだろう？　死んだ母さんにそんなに甘やかされてた？　わたしには物事を自分で解決させなくちゃいけないということをだれも思いつかなかったんだろうか？　何をしたらいいのか、どんな仕事をしたらいいのか、それがわからないので、あんなばかと結婚してしまったんだろうか？　暗闇というより、かろうじて見える植物のあいだで、蛍《ルシエルナガ》が光っていた。それを光の虫というのは大嫌いだった。「ルシエルナガ」というのはきれいな言葉だ。あるとき、それを何匹かつかまえてマヨネーズの空瓶に入れた。そしてそれが醜いことに気づいた。ゴキブリみたいだった。それでも純粋に、この上なく公正に賛美されてきた。つまり、じっとして、飛ばずにいると、害虫のように見える虫だけど、飛んで、きらめくときには、魔術に最も近いもの、美と慈悲の前兆だった。

フアン・マルティンは、懐中電灯を借りると、ぶつくさ言わずに外に出た。わたしは、車内灯の弱い光で彼の顔を見たとき、彼が怯えていることに気づいた。彼はボンネットを開け、わたしたちはバッテリーを消費しないよう明かりを消した。彼が何をしているのかわたしたちには見えなかったけど、突然、ボンネットを一気に下ろすのが聞こえ、彼は、首に汗をしたたらせながら、車に駆け込んできた。

「足元をヘビが通った！」と彼は叫んだけど、その声は、喉《のど》に痰がからんでるみたいに、上ずった。ナタリアは、もうそれ以上おとなしくしていられず、こぶしでハンドルをたたきながら、彼をあざ笑った。

「あなた、能無しね」と彼女は言い、笑いの涙をぬぐった。

「能無し！」とファン・マルティンは叫んだ。「ぼくが噛《か》まれて、それが毒ヘビだったら、どうする？　ここはまったくなんにもないんだ！」

「なんにも噛みはしないわ、落ち着きなさい」

「何がわかる？」

「あなたよりわかってるわ」

　わたしたちは三人とも黙り込んだ。わたしはファン・マルティンの息遣《いきづか》いを聴いていた、そして、たとえ拳銃で無理強いされたってもう二度と彼とはセックスしないと無言で誓った。ナタリアは車から出ると、虫に入られたくなかったら、窓を閉めておくのよ、と言った。暑くて死にそうになるけど、二つに一つ。ファン・マルティンは頭を抱え、二度と、二度とぼくたちはこんなとこに来ない、わかったか、と言った。ナタリアは車の往来のない道路を歩いていき、わたしは車の中から懐中電灯で彼女を照らしてた。彼女はタバコを喫い、考えている。わたしは彼女の仕種をよく知っていた。ファン・マルティンはもう一度、始動させようとしたが、車はまえよりゆっくりとした苦しそうな音を響かせた。きっと君の従姉は水を入れ忘れたんだ、と彼は言った。違うわ、とわたしは応えた。車が熱くなってないもの、それに、あなた、エンジンを見たとき気づかなかったの？　いったい、何を見たの？　あなたはなんにも知らないのよ、ファン・マルティン。そしてわたしは後部座席でからだを伸ばし、Tシャツを脱いで、ブラジャー姿になった。

　まえに伯父のカルロス、わたしの母さんと一緒に、まさしくこの道を走ったことがあった。どうしてアスンシオンに行かなくちゃならなかったのか覚えていない。二人は道中ずっと歌っていた、そう、それは覚えてる。ペクソア橋《エル・プエンテ・ペクソア》、チョグイ鳥《エル・パハロ・チヨグイ》、そして収穫する人《エル・コセチエーロ》をめぐる歌だった。途中、わたしはおしっこがしたくなったけど、林の中でショーツを下ろす気になれなかった。だからガソリンスタンドに着くとすぐ、伯父が従業員に鍵を借りてくれ、わたしは建物の横にある、トラックの運転手たちが使う小さなトイレに入った。その小さなトイレがまだ夢に出てくる。臭いが強烈だった。水色のタイルの上にはうんこを指でこすりつけた跡があった。見たところトイレット・ペーパーはなく、多くの人が指で拭っていたのだった。どうしてそんなことができるの？ 便器の黒い蓋《ふた》は虫だらけだった。たいていはバッタ、それにコオロギ。音を、冷蔵庫に似たような羽音を立てていた。わたしは泣きながら飛び出し、ショーツを下ろして、ガソリンスタンドの横でおしっこをした。伯父にも母さんにもなんにも言わなかった、便器にたまったうんこのこと、茶色い指紋のついた汚いトイレの取っ手のこと、天井からぽつんとぶら下がっている小さな裸電球をほぼ完全に覆っている緑色のバッタのこと。トイレのあと、その旅のことはなんにも覚えていない。母さんは、きれいなコロニアル様式のホテルに泊まったことを、でも、夜、中庭をネズミが走ってるのが見えたことを話してくれた。わたしはそのホテルのことも、そのあと突然ひょう混じりの雨になって、帰るのが遅くなったこともぜんぜん覚えていない。その旅は、わたしにとっては、バッタのトイレでおしまいになった。

フアン・マルティンは、どこかわからないけど明るくなってるのが見えたところまで街道を歩こう、と言ったけど、わたしは応えなかった。ヘビが怖いんなら、どうやってそこまで行けるんだろう、ヘビはしょっちゅう道を横切るのに。ナタリアはタバコを喫い終わってたけど——少なくとも、もう一匹の蛍のように暗闇で燃えてるタバコの火のほかは見えなかった――、車の中に入ってこなかった。もちろん、彼女は外でだれかが通るのを待とうとしていた。たとえば、自動車クラブに電話がかけられるところまで連れて行ってくれるだれかを。それに、彼女はわたしたち二人と一緒に車にいたくないはずだった。半日、ファン・マルティンに、そしてわたしが受動的であることに我慢した、そんな彼女を、いったいだれが責められるのだろう。

トラックのライトが道路を照らし、車輪が砂埃《すなぼこり》を舞い上げた。不思議だった、というのも、そこ、北部では、毎日ではないとしても、たえず雨が降るせいで、暑いのに、空中には乾いた土埃がほとんど舞い上がらないからだ。いつも湿っていて、土埃はしっかり地面にくっついている。でも、そんなふうにして、まるで砂嵐を運んでくるかのようにして、やって来た。ナタリアは標識を、夜に燐光を輝かせる三角停止板を置いていたけど、当てにしていないようで、ドアを急いで開けて、運転席の上にあった懐中電灯をつかむと、腕を回して光の輪を作り、おーい、おーい、助けて、助けて、と叫び始めた。わたしには運転手の顔が見えなかった。彼はトレーラーを引っ張っていた。そしてナタリアは、彼がエンジンを切らずに停まったとき、話をするためによじ登らなくちゃいけなかった。二分後、彼女は自分の財布とタバコをつかむと、自動車クラブに電話できるようあの人がガソリンスタンドまで連れてってくれる、と言った。ここはクロリンダの近くだ、とも彼は彼女に言った、場所がないから三人乗せてはいけない。トラックは、やって来たときと同じくらい突然、暗い道路に消えた。そしてわたしは、ナタリアに何を尋ねなかったのか全部わかった。どれくらい時間がかかるのか、ガソリンスタンドは近くにあるのかどうか、クロリンダが近くなら、どうしてそこに行かないのか、トラックの運転手が信用できるのかどうか、別のトラック、ましてや車が来たら、どうしたらいいのか、それを停めるのかどうか。

「彼女に水を頼むのを忘れたな」とファン・マルティンは言った。そしてそれは彼が朝から初めて口にした、まともなことだった。

心臓がいっそう速く鼓動し始めた。脱水症状になったら？　わたしは窓を下ろした。虫のことは考えなかった。どんな虫だろう？　蛾《が》、コガネムシ、コオロギ、他には？　もしかすると、蛍。君の従姉は無責任な女だ、とファン・マルティンが言った、こんな、車が一台も通らないとこまでぼくたちを連れてきて、このポンコツが走るかどうかチェックもしないで。彼女が車を点検に出さなかったかどうか、どうしてわかるの、とわたしは怒って応えた。そしてここで彼を殺すのは簡単だと思った。トランクでドライバーを探して、それを首に突き刺すことができる。彼はわたしを殺したがらない。わたしを手ひどく扱い、わたしを打ちのめしたいだけ、わたしが自分の人生を憎むようにする、人生を変えようという気にさせなくするため。彼はラジオをつけたがった。わたしは、やめて、バッテリーを長もちさせなくちゃ、と言いそうになったけど、放っておいた。彼の無知を楽しんだ。レッカー車が来て、ラジオでなんやかや探してるうちにバッテリーが上がってしまった、と彼が説明するとき、どんなに楽しいだろう。夜、このあたりで、ラジオで何が聞けるんだろ。チャママにチャママ、それに電話をかけたり、泣いたり、マルビナスで死んだ息子たちのことを思い出したりする孤独な何人かの人たちの声。

救援整備士は一時間後に来た。思っていたとおり、ラジオをつけていたことでファン・マルティンを非難した。彼はぶつぶつ言い訳をした。整備士たちは働き始め、フアン・マルティンはまるで彼らを監督するみたいに振る舞っていた。わたしは車の外に出て、ナタリアの手を握った。「あの運転手、どんなに素敵だったか、わからないでしょうね。オペラーから来たあのスウェーデン人たちの一人。すごいわよ。彼、クロリンダで一晩過ごすの。わたし、彼といようかと思ってる。車が動いたら、あのばか亭主にコリエンテスまで乗せてってもらって」と彼女は小声で話した。

でも車は始動しなかった、そしてフォルモーサ州のクロリンダまで牽引していかなくちゃならなかった。車はその町の自動車クラブの支店に残ったけど、わたしたちは、ナタリアが教えた、大使《エンバハドール》というおおげさな名前のホテルまで、愛想よく、運んでもらえた。白い建物で、コロニアル様式のアーケードがあったけど、外から見ただけで、湿気の臭いがする、たぶんお湯が出ないということがわかった。もちろんレストラン、というより網焼きレストランみたいなものがあり、白いプラスチックのテーブルが何台か置かれていて、そこには一つの家族や連れのいない人が何人か坐っていた。風呂に入りましょ、とわたしはフアン・マルティンに言った、そのあと、なにか食べましょ。

ホテルの鍵をもらうと、あのトラック運転手に違いない男がロビーにやって来た。ナタリアは、まるで若い女の子みたいに、そそくさと彼に近づく。その男は彼女より頭が二つ分高く、腕は太く、とても短い金髪だった。こんばんは、とわたしたちに言い、頬笑んだ。魅力的に見えたけど、変質者、妻に暴力をふるう夫、強姦者、なんでもありえた。とてもイケメンなので、女性は彼を街道の金髪のプリンスと思いたがる。わたしは彼に挨拶をした、ファン・マルティンは鍵をつかみ、ついて来いというようにわたしを見つめた。わたしはそうした。ナタリアは、一時間後、落ち合って食事しよう、と大きな声でわたしに言った。ほんと、ついてない、とわたしは思った、彼女は優しい頬笑みのあのバイキングと一時間、わたしは夫に我慢しての一時間。

ファン・マルティンが叫んだ、一度も、一度だって君はぼくの味方をしなかった、わかってる？　何一つ。一日中。ナタリアは尻軽だ、初めて出会ったやつと、行っちまうんだからな。君も尻軽だ、あの金髪の荒くれに色目をつかってたんだからな、と彼は叫んだ。わたしは彼に、その金髪の荒くれがわたしたちを街道で助けてくれたのよ、それに、少なくとも、彼にお礼が言えたのに、と言った。あなたは無礼よ、とわたしは叫んだ。下品なの。ぼくが下品？　糞ったれ、と彼は叫び、ドアをバタンと閉めてバスルームに入った。そこでいっそうわめき散らし、悪態をついた、お湯が出なかったし、タオルが黴臭《かびくさ》かったから。結局、出てきて、ベッドにころがった。何も言うな。何を言ってほしいの、とわたしは応えた。君はぼくを棄てたがってる、と彼は言った、でもわかるさ、ブエノスアイレスにもどったら、事態がよくなるってことが。で、よくならなかったら、とわたしは訊いた。君はそんなに簡単にぼくを棄てやしない、と彼は言い、タバコに火をつけた。わたしは、冷たいシャワーを浴び、そして思った。もしかすると、ここを出ると、彼は眠り込んでて、タバコがシーツに火をつけ、ここ、クロリンダのホテルで彼は焼け死んでる。でも、からだは冷え、濡れたまま、金髪からはしずくがたれる、そんな哀れな恰好で出てみると、彼は、夕食に行くために、服を着て、香水をつけていた。

「ごめん」と彼は言った。「ときどき、どうしようもならなくなるんだ」

「食事に行きましょ」と言う一方で、わたしはゆったりとしたドレスを着て、なんとか髪に櫛《くし》を入れた。金髪のトラック運転手に、風呂に入りたてで、なかば髪が乱れてる、そんなわたしを見てもらいたかった。ファン・マルティンがキスしようとしたとき、わたしは頰《ほお》を向けた。でも彼は何も言わず、我慢した。

網焼きレストランには、二人の男の人、わたしの従姉と金髪のトラック運転手しかいなかった。黒い髪の女の子が、何になさいますか、と訊き、ショート・リブ、チョリーソ（彼女がそのサン《チョリ》ドイッチ《パン》を作れる）、それにミックス・サラダしかありませんが、と言う。そうね、全部、とわたしたちは言い、よく冷えたソーダを頼んだ。わたしはお腹がすいたというよりは、喉が渇いてた。クロリンダの入口で、よく冷えたファンタのグレープフルーツを買ったけど、それは、わたしの好きな炭酸飲料で、何かわけがあって、もうブエノスアイレスでは手に入らない。でも、内陸部にはまだあった、もしかすると古い瓶、もしかするとまだ作ってる。そこ、リトラル地方では、ものが姿を消すにはいっそう時間がかかる。

男の人たちは幽霊話をしていた。ナタリアは金髪のすぐそばに坐って、一本のタバコを二人で喫っていた。彼は白いシャツを少しはだけていた、日焼けしていて、素敵だった。

「ちょっとまえ、とってもおかしなことがあったんだ」と鮮やかな金髪が言った。

「話せよ、相棒、ここじゃだれも寝ないぜ！」と、もう一人のトラック運転手が大声で言ったが、彼はビールを飲んでいた。そうやって、ほろ酔い気分で走り続けるんだろうか？　そのあたりの道路ではいつも事故が起きてるけど、そのわけが説明できそうだった。たとえば、わたしの伯父のカルロスは、酔うと絶対運転しないけど、友人たちのあいだや、わたしたちの家族の中でさえ、例外だった。

「話そうか？」と金髪は言い、従姉を見つめた。ナタリアは彼に頬笑み、そして、うなずいた。

じゃあ、と言って、金髪は楽な姿勢をとり、話し始めた。俺《おれ》は、ミシオネス州のオベラー生まれで、オベラーに住んでる、二十キロくらい離れたとこに、カンポ・ビエラという村がある。そこにヤサーという小さな川がある。ある日の午後、真昼間のことだった、夜だったんで自己暗示にかかったただなんて思わないでくれよ。酔ってもいなかった。さて、ある日の午後、小型トラックで出かけた、単に仕事をしに。そして一人の女が走って橋を横切った。俺にはよける暇がなかった、よけたら死んでたな、そして体がぶつかるのを感じたんだ。俺は駆け下りた、背中はすっかり冷や汗、ところが、だあれも見つからない。血もバンパーのへこみも、なんにもない。俺は警察に行った、連中は俺の調書を作ったが、やな気分になってた。俺は仕事を別の日に回さなくちゃならなかった、そしてそこで、カンポ・ビエラで、今、みんなに話してるみたいに話した。するとと、軍がその橋を造った、その土台に死体を、連中が殺した人たちを使った、そこに隠したんだ、と言われた。

フアン・マルティンが息を荒くするのが聞こえた。彼はその手の話が嫌いだった。

「そういうことは、ふざけて言うもんじゃない」と彼は金髪に言った。

「すまない、でも、ふざけちゃいないんだ。軍はそうやって死者を隠せる」

わたしたちの焼肉が来て、ファン・マルティンは食べ始めた。木の皿を持ってきてくれていた、わたしは焼肉を食べるには木の皿のほうが陶器の皿より好きだった、味がいっそうよくなるし、サラダ用のオイルがいっそううまく吸収されて、肉に届かない。とっても美味しかった。

カンポ・ビエラでは、橋と小川についての話をたくさんしてくれた、と金髪が言った。そのあたり一帯は妙なんだ、と彼は言った、車のライトが見えても、そのあと、車が来ない、まるでどっかの道に消えたみたいに、でも、通行できる道はない、ジャングルなんだ。

「消える車の話といえば、こんな笑いころげるような話がある」と他のトラック運転手たちの一人が、頬笑みながら、言った。おそらくその場の雰囲気の重苦しさとわたしの夫の反感を取り除こうとしたのだ。わたしはまた恥ずかしかった。そして顎《あご》に魅力的なくぼみのある金髪のトラック運転手に頬笑んだ。彼もわたしに頬笑んだ。ナタリアの彼氏になれたらいいのに、とわたしは思った、そしてナタリアは、どんな人にもうんざりするのだから、彼にもうんざりしてほしい、そうなったら、彼は気づくわ、最初の瞬間から、ホテルのロビーで、たがいの目を見つめ合ったときから、わたしに恋したんだと。

「そしてここで起きたんだ！　いいや、ここじゃない、街道筋の網焼きレストランだ、こっから十ブロック先にある。そいつはトレーラーハウス、かわいいハウスを引っ張って来てた。家族連れで、という話だった、二人の子供に奥さん、そして奥さんの母親。彼らは焼肉を食いに出かけた、でも奥さんの母親はトレーラーハウスに残したんだ、彼女は気分が悪かったのか、ま、そんなとこだ」

「それで？」と、眠たそうにしてる三人目のトラック運転手が訊いた。

「だれかがトレーラーハウスをかっぱらった、中に婆さんを乗せたまんま！」

みんな、火が消えるのを待っていたウエイトレスでさえ大笑いした。その男は、死に物狂いで、警察に駆け込んだ、そして一週間くらいクロリンダで過ごした、彼の奥さんはノイローゼになった。フォルモーサ全域で捜索が行われて、トレーラーハウスは見つかったが、空っぽだった。なにもかも盗まれた、姑を含めて。

「それはいつの話？」。ナタリアは知りたかった。

「ええと……もう一年になるんじゃないかな。早いもんだな。一年。妙ちくりんな事件、きっと泥棒どもはトレーラーハウスに乗って、中に婆さんがいるってことに気づかなかったんだ、ショック死してたのかもしれんが、そこで、投げ捨てた。このあたりじゃ、だれをも投げ捨てることができる。探し出せっこない」

「その人はいつも名前を呼んでるわ」とウエイトレスが口をはさんだ。「でもお婆さんは決して現れなかった」

「泥棒たちもだ」と、トラック運転手がつけ加えた。「かわいそうな婆さん、なんて運が悪いんだ」

彼らはしばらくその姑の失踪の話を続けたけど、ファン・マルティンは苛立ち、お先に失礼、と言って、部屋に帰ってしまった。彼は、待ってる、という目でわたしを見つめ、わたしはうなずいた。でもわたしはずいぶん遅くまで、わたしの髪が乾き、いつでもビールが取り出せるようウエイトレスが冷蔵庫の鍵を置いていってくれたときまで、そこにいた。ナタリアでさえ、彼氏の軽飛行機から見た燃え上がる家の話をした、彼氏の、とは言わず、従兄《いとこ》の、と言ったけど。そのあと彼女は、あくびをし、寝に行く、と告げた。金髪のトラック運転手は彼女の後についていった。わたしは二人の後から行き、もう一つ部屋を頼んだ。女の子に説明した、夫はとっても疲れてて、こんな時間に中に入ったら、目を覚まさせることになる、すると彼は、明日、修理士が車を持ってきたら、ブエノスアイレスまで寝不足のまま運転しなくちゃいけない、彼は、目を覚まされると、また寝るのが大変だから。フロントの女性は――そのホテルにいるのは全員女性みたいだった――、わかりました、ほとんどお客様はおられません、閑散期ですので、と言った。

そう、閑散期ね、とわたしは彼女に言った、そして頭を枕に置くと、すぐ寝込んでしまい、嫌な夢を見た。一人のお婆さんが火に包まれて、裸で、崩れる家の中を走り回る。わたしは外から彼女を見てるけど、中に入って助けることができない、頭上に梁《はり》が落ちかかってくるかもしれないし、そして火がわたしに届くかも、煙で窒息するかもしれないから。でも助けを呼びもしなかった。ただ彼女を見てるだけだった。

自動車クラブは朝、車を持ってきてくれた。問題を説明してくれたけど、とても漠然としてて、わたしもナタリアもちんぷんかんぷんなのは確かだった。わたしたちが知りたかったのはコリエンテスまで帰れるかどうかということだけだった。もちろん、たった三時間です、と彼らは言った。なんだかわからないけど彼らが解決できなかったところをきちんとするために、わたしたちは、まだどこかに点検に持って行かなくちゃならない、でも修理士はすぐに気づく、そうじゃなかったら、彼らに電話する。わたしたちは彼らにお礼を言い、朝食に向かった。トーストとカフェ・オ・レしか――クロワッサンさえ――なかったけど、それで十分だった。金髪のトラック運転手は二時間まえに出発していた。ナタリアに電話すると約束し、彼女はそうなることを信じていた。神様たちみたいにセックスする、と彼女は言った。それにとってても優しい人。

彼女が羨《うらや》ましかった。わたしは涙でぬるくなったコーヒーを飲み込むと、ファン・マルティンを探しに行った。でも部屋に入ると、彼はいなかった。ベッドは乱れてさえいず、まるでそこで寝なかったみたいだった。わたしは、彼が部屋にもどったことも、彼がホテルに入るのを見たことさえも断言できなかった。朝食用の食堂にもどり、ナタリアに訊いた。彼がホテルに入るのは確かに見たわ、と彼女は言った。フロントの女の子はまだ寝に行っていず、鍵をお持ちになられました、とわたしたちにはっきり言った、少なくとも、確かに、壁の鍵棚に掛かっていなかった。

「散歩にお出かけかも」と彼女はつぶやいた。

でも、もちろん、彼女は彼が降りていくのを見てなかった。わたしは不安になり、両手が震えた。警察に電話しなくちゃ、とナタリアに言うと、彼女は、メルカードでしたみたいに、髪をまたポニーテールにし始め、いいえ、と言った。ばかなことはしないの。行っちゃったんなら、行っちゃったのよ、と彼女は言った。

彼女は立ち止まり、財布と昨日買ったものが入っている袋を部屋に取りに行った。

「あなた、ぼうっとしてるみたいね」

確かにそうだった。うろたえていた。ファン・マルティンが寝てたはずの部屋にもどった、彼のバッグも、わたしたちが旅行するときはいつもバスルームにきちんと置いてある歯ブラシも見つからなかった。シャワーは乾いていた。まだ湿っているタオルはわたしが使ったものだった。

車でわたしたちはサングラスをかけた。陽射しが耐えられなかったから。

「雨になります」と、ホテルのフロントの女の子が言った。「ラジオではそう言ってますが、でもそうじゃないみたいですね、よく晴れてますから」

「降ってほしいわ、たまんないし、べとべとしてる」と、ナタリアが彼女に応えた。

「それで、奥さまのご主人は？」と、まるでわたしがそこにいないかのように、彼女は訊いた。

「ああ、誤解だったの」

わたしは助手席に落ち着いて、クロリンダを出るまえ、ガソリンスタンドで止まった。ナタリアはタバコが必要で、わたしはグレープフルーツのファンタをもう一本。昨夜のトラック運転手の一人、眠くて他の人たちの話をほとんど聞いていなかった人が、ガソリンを入れていた。その人は、わたしたちに挨拶をし、元気かどうか訊き、後部座席を見た。ファン・マルティンを探していたけど、彼のことを訊きはしなかった。わたしたちは、にっこり笑ってその人に挨拶し、街道に出た。川の反対側の地平線には、もう嵐の黒い雲が見えていた。

学年末

わたしたちは、彼女にあまり注意を向けたことがなかった。ほとんど話をしない、賢すぎるようにもおバカすぎるようにも見えない、そして毎日同じ場所にいるのを見ていても違うところにいたら見分けがつかない、ましてや名前なんか思いだせそうにない、そんな忘れられやすい顔の女の子の一人だった。彼女を目立たせているのは、ひどい、みっともない恰好をしていることだけ。それに、着てる服はからだを隠すために選んだみたいだった。二、三サイズ大きめ、いちばん上のボタンまでかけてあるシャツ、脚のラインが読めないようなパンツ。服だけがわたしたちの目を彼女に向けさせたけど、それもせいぜい彼女の趣味の悪さを話題にしたり、お婆さんみたいな服を着てる、と意見を述べたりするためだった。マルセラという名だった。それともモニカ、ラウラ、マリア・ホセ、パトリシア、だれにも注目されない女の子たちがよくつけてる、そんな取り換えのきく名前のどれかだったかもしれない。できない生徒だったけど、先生たちからはほとんど不合格にされなかった。よく休んだけど、だれも彼女の欠席を取りざたしなかった。お金があるのかどうか、両親はなんの仕事をしてるのか、どの地区で暮らしてるのか、わたしたちは知らなかった。

わたしたちは彼女のことを気にしてなかった。

歴史の時間に、だれかが小さな、ぞっとするような悲鳴を上げるまでは。あれはグアダだった？　グアダの声みたいだった。彼女の近くに坐っていたし。先生がカセーロスの戦いを説明しているあいだに、マルセラは左手の爪を引き抜いた。歯で。まるで付け爪みたいに。指は出血してたけど、彼女はまったく痛がってなかった。何人かの女の子が吐いた。歴史の先生は指導補助員を呼んだ。その女性がマルセラを連れていった。マルセラは一週間休んだけど、だれもわたしたちになんの説明もしてくれなかった。もどったときには、無視される女の子から有名な女の子に変わっていた。彼女を怖がる子たちもいたけど、友だちになりたがってる子たちもいた。彼女のしたことはわたしたちが目にしたいちばん奇妙なことだった。何人かの親は、その事件を話し合うために、集会を開こうとした。というのも、わたしたちが「精神的に不安定な」子と接触しつづけることがいいことなのかどうか確信できなかったから。でも、別の形で解決した。もうすぐその学年が終わる、わたしたちは卒業することになる。マルセラの両親は、あの子はよくなります、薬を飲んでいるんです、セラピーを受けてます、落ち着いてます、と断言した。ほかの親たちは信じた。わたしの両親はほとんど注意を払わなかった。気にしているのはわたしの成績のことだけで、わたしは、どの学年も、ずっと一番だった。

マルセラはしばらく元気だった。指に包帯をしてもどった。最初は白いガーゼ、そのあとは絆《ばん》創膏《そうこう》をして。爪を引き抜いた一件は覚えてないようだった。彼女に近づく女の子たちとは仲良くならなかった。マルセラの友だちになりたがってる子たちは、なれないの、彼女は話さない、あたしたちの話は聞いてるんだけど一度も応えない、そしてあたしたちをじっと見つめるので、しまいには怖くなっちゃった、とトイレでわたしたちに話した。

すべてが本当に始まったのはトイレでだった。マルセラは鏡を見つめていた。実際に姿を映すことのできる唯一のところで。なぜならほかのところははがれていたり、汚れていたりするか、愛の告白や喧嘩《けんか》して腹を立てた二人の女の子ののしり合う言葉がマーカーや口紅で書かれていたからだった。わたしは友だちのアグスティーナといて、それまでしていた口論にけりをつけようとしてた。重要な議論のように思えた。マルセラがどこか（おそらくポケット）からジレットを取り出すまでは。彼女は、頬《ほお》をすうっと切った。血がわき出るのに間があったけど、出てくると、噴き出すみたいで、首を、尼僧や几帳面な男性のようにボタンをきちんとかけたシャツをびしょ濡れにした。

わたしたちは二人ともなにもしなかった。マルセラは、鏡を見つづけ、痛がるそぶりも見せずに傷口を調べていた。わたしはそのことにいちばん驚いた。彼女が痛がらないということに。それは確かで、眉をひそめたり、目を閉じたりしなかった。わたしたちは、おしっこをしていた女の子がドアを開けて、「どうしたの！」と叫び、ハンカチで血を止めようとしたときになって、ようやく反応した。わたしの友だちは泣き出しそうだった。わたしは膝が震えていた。マルセラの頬笑みは、ハンカチで顔を押さえているあいだも見えていたけど、美しかった。彼女の顔は美しかった。家まで、それともどこかの病院までついて行こうか、縫ってもらうか消毒してもらうかしに、とわたしは言った。彼女はそのとき反応したみたいで、頭を横に振って、タクシーに乗る、と言った。お金はあるの、とわたしたちは訊いた。ええ、と答え、また頰笑んだ。どんな人の心も奪いそうな頰笑みだった。彼女はまた一週間欠席した。学校中がその出来事を知っていた。その話でもちきりだった。彼女がもどったとき、みんな、顔の半分を覆っている包帯を見ないようにしてたけど、だれも見ずにはおられなかった。

わたしは、今では教室で彼女の近くに坐ろうとしていた。わたしの望みは話してもらうこと、説明してもらうことだけだった。彼女の家を訪ねたかった。なにもかも知りたかった。入院させるらしいわよ、とだれかがわたしに言った。わたしは、中庭に灰色の大理石の噴水、紫色や栗色の植物、ベゴニア、スイカズラ、ジャスミンのある病院を想像した――精神病患者のための、みすぼらしく汚れて寂しい施設は想像できず、虚《うつ》ろな目をした女性だらけの美しい病院を想像していた――。彼女の隣に坐って、ほかの女の子たちと同じように、でも近くで、彼女に起きていることを見た。わたしたちはみんな、びっくりして、びくびくしてそれを見た。それは彼女の震えで始まったけど、震えというよりはむしろびっくりして飛び上がっているみたいだった。目に見えないなにかを追い払うみたいに、なにかにたたかれないようにするかのように、両手を宙で振り動かしていた。そのあと、目をふさぎ、いやいやをするみたいに首を横に振りはじめた。先生たちはそれを見ていたけど、無視しようとした。わたしたちも。心を奪われた。彼女は人前で恥ずかしげもなく取り乱したけど、わたしたちのほうが恥ずかしくなった。

まもなく彼女は髪の毛、前髪を引き抜きはじめた。彼女の席に長いままの毛の束が、ストレートの金髪の小さな山ができていった。一週間後には、ピンクの輝く頭皮がぼんやり見えはじめた。彼女が教室から走って出て行った日、わたしは彼女の隣に坐っていた。みんな、彼女が出て行くのを見た。わたしは後を追った。しばらくして、わたしの友だちのアグスティーナ、そして、まえにトイレで彼女を助けた女の子、同じ五年生のテレがわたしの後についてきているのがわかった。わたしたちは責任があるように感じていた。それとも、彼女がなにをするのか、それがどんなふうに終わるのかを見とどけたかったのか。

またトイレで見つけた。ほかにだれもいなかった。子供が癇癪《かんしゃく》を起こしているときのように、泣きわめいていた。包帯は落ちてしまっていて、傷の縫い目が見えた。個室の一つを指さし、「あっちに行って、放っておいて、あっちに行って、もうたくさん」と叫んでいた。まわりにはなにかが、多すぎるくらいの光があり、空気はいつも以上に、血や尿、消毒薬のにおいがした。わたしは話しかけた。

「どうしたの、マルセラ？」

「見えない？」

「だれが？」

「彼。彼よ！　あそこ、個室の中！　見えない？」

彼女は、不安げに、びくびくして、わたしを見つめていたが、戸惑ってはいなかった。なにかを見つめていた。でも、便器の上にはなにもなかった。壊れかかった蓋《ふた》とチェーンのほかは。そのチェーンはぴくりともしなかった、異常なくらい静止していた。

「いいえ、なんにも見えない、なんにもないわ」とわたしは答えた。

一瞬、うろたえ、わたしの腕をつかんだ。それまで一度もわたしに触れたことがなかった。わたしはその手を見つめた。まだ爪は伸びてなかった。それとも、たぶん、わずかに伸びたものを引き抜いてたのか。血まみれの甘皮しか見えなかった。

「見えない？　見えない？」そう言って、また個室を見つめながら、「いる。あそこにいる。話して、なにか言ってやって」

チェーンが揺れはじめるんじゃないかと思ったけど、静止したままだった。マルセラは、個室をじっと見つめながら、聞いているようだった。わたしは、睫毛《まつげ》もほとんど残っていないことに気づいた。彼女は引き抜いてしまっていた。すぐに眉の番になると思った。

「聞こえない？」

「ええ」

「でもあなたになにか言ったわ！」

「なんて言ったの、教えて」

このときになって、アグスティーナが口をはさみ、マルセラをそっとしておこうよ、とわたしに言い、あなた、いかれてるんじゃないの、と訊いた。なにもないのはわかるでしょ、彼女とふざけてちゃだめよ、わたし、怖い、だれか呼ぼうよ。**黙れ、くそったれの性悪《トゥー・マッチ》**、とマルセラが怒鳴って話をさえぎった。テレは、かなりお上品な子で、あんまりよとつぶやくと、だれかを探しに行ってしまった。わたしはその場をおさめようとした。

「あんなおバカな子たちは気にしないで、マルセラ。彼はなんて言ってるの？」

「俺《おれ》はどこにも行かない。俺は本物だ。俺はおまえにいろんなことをさせ続け、おまえは、嫌、とは言えない」

「どんな人？」

「男の人、だけど聖体拝領のときの服を着てる。両腕を後ろにまわしてる。いつも笑ってる。中国人みたいだけど、小人。髪にポマードをつけてる。そしてわたしにさせる」

「なにをさせるの？」

テレが、トイレに入るよう先生を説得して一緒にやってきたとき（入口に十人くらいの子が集まってて、シッと言い合いながらなにもかも聞いてたの、と彼女は後でわたしたちに言った）、マルセラはポマードをつけた男が彼女になにをさせるのか教えてくれるところだった。でも先生が現れたことで彼女はまごついた。床に坐ったけど、彼女が、嫌、と言ってるあいだ、睫毛のない目は瞬きしなかった。

マルセラは二度と学校にもどらなかった。

わたしは彼女を訪ねることにした。住所を知るのは難しくなかった。彼女の家はわたしが一度も行ったことのない地区にあったけど、行くのは簡単だった。手を震わせながら、ベルを鳴らした。バスの中で、彼女の両親に訪問のわけを説明する、その準備をしたけど、もう、その説明は愚《ぐ》にもつかない、ばかげた、不自然なものに思えた。

マルセラがドアを開けたとき、わたしは声が出なかった。彼女がベルに応えたことにびっくりしたばかりか――麻薬にふけって、ベッドにいるものと想像してた――、もうほとんど毛のない頭を毛糸の帽子で覆い、ジーンズと普通サイズのセーターを着てたので、ひどく違って見えもしたからだった。伸びていない睫毛を別にしたら、健康な、普通の女の子みたいだった。

家の中に入れてくれなかった。彼女は外に出て、玄関のドアを閉めた。わたしたちは二人、通りにいた。寒かった。彼女は両腕でからだを抱きしめ、わたしの耳は熱くなっていた。

「来なくてもよかったのに」と彼女は言った。

「知りたいの」

「なにが知りたいの？　わたしはもう学校に行かない、終わったの、なにもかも忘れてちょうだい」

「彼があなたになにをさせようとするのか知りたい」

マルセラは、わたしを見つめ、まわりの空気のにおいをかいだ。そのあと、窓のほうに目をそらした。カーテンはほとんど動いてなかった。彼女はふたたび家に入ると、玄関ドアを閉めるまえに、言った。

「そのうちわかるわ。彼自身がいつかあなたに話してくれる。あなたに頼むと思う。すぐに」

帰り道、バスの座席に坐っていると、昨夜、ベッドの中で、カッターナイフで切った腿《もも》の傷口がぴくぴくするのを感じた。痛くはなかった。脚をそっとマッサージしたけど、そんな力でも十分血を噴き出させ、水色のジーンズに湿った細い線を描かせた。

わたしたちにはぜんぜん肉がない

通りを渡ろうというとき、それを見た。ごみの山の中に、木の根もとに捨てられていた。口腔外科の学生たちだ、と思った。血も涙もないばかな連中、悪趣味とサディズムがしみこんだ、金のことしか考えない連中。ばらばらにならないよう、両手で持ち上げた。その頭蓋骨《ずがいこつ》には下顎《したあご》と歯が全部欠けていたけど、ないのは歯医者の卵の仕業だということははっきりしていた。木のまわり、ごみの中を、調べた。歯は見つからなかった。残念、と思った。そして、二百メートルくらいのところにある自分のアパートまで歩いた。頭蓋骨を両手で持って、まるで森の異教徒の儀式に向かってるみたいに。

　リビングのテーブルに置いた。小さかった。子供の頭蓋骨？　解剖学や骨のことは知らない。たとえば、頭蓋骨にはどうして鼻がないのかわからない。自分の顔をさわると、鼻は頭蓋骨にくっついているように感じる。鼻は軟骨なんだろうか？　そうは思わない。鼻は折れても痛まない、弱い骨みたいに簡単に折れるというのは本当だけど。もう少し、その頭蓋骨を調べると、名前が書いてあるのがわかった。それと数字がひとつ。「タティ、1975」。いろいろ考えられる。頭蓋骨の名前かもしれない。タティ、一九七五年誕生。それとも、持ち主が一九七五年生まれのタティかもしれない。それとも数字は日付じゃなくて、なにかの分類と関連してるのかも。敬意を払って、それを総称の頭蓋骨《カラベラ》と名付けることに決めた。夜、恋人が仕事から帰ってきたときには、もう単にベラだった。

彼、わたしの恋人は、ジャンパーを脱ぎ、肘掛《ひじか》け椅子に坐るまで、彼女を見なかった。どうにも注意力散漫。

彼女を見て、びくっとしたけど、立ち上がらなかった。不精でもあり、太ってきてる。太ってる人は好きじゃない。

「それ、なんだ？　本物か？」

「もちろん本物」とわたしは答えた。「通りで見つけたの。頭蓋骨」

彼はわたしを怒鳴りつけた。なんでこんなものを持ってきた、と大げさに怒鳴った、どこで手に入れたんだ。大騒ぎしてると思い、声を小さくして、とわたしは言った。落ち着いて説明しようとした。通りに捨てられているのを見つけたの、木の下に、ほったらかしにされてるのを。そして、わたしにしたら、知らんぷりして、そこに放っておくのは、まったくまともじゃないことに思えたの。

「いかれてる」

「そうかも」と応え、わたしはベラを自分の部屋に持っていった。

食事を作りにわたしが部屋から出てくるかもしれないので、彼はしばらく待った。これ以上食べなくていい、太ってきてて、もう腿《もも》がこすれてるし、スカートでもはいたら、脚と脚でいつもすり傷ができるかも。一時間後、わたしをののしり、電話でピザを注文する声が聞こえた。ものぐさ。街中まで歩いてってレストランで食べるより、デリバリーを選ぶんだから。払うお金はほとんど同じなのに。

「ベラ、彼をどうしたらいいんだろ」

彼女が話せたら、棄《す》てなさい、と言うのはわかってる。それが常識。寝るまえに、お気に入りの香水をベッドにスプレーし、ベラの目の下と側面に少しつけた。

明日、彼女に小さなウィッグを買おう。わたしの恋人が部屋に入ってこないよう、鍵をかける。

わたしの恋人は、怖いんだ、とかなんとか、愚《ぐ》にもつかないことを言う。彼は、リビングで寝てるけど、それは犠牲的行為なんかじゃない。というのも、わたしが自分のお金で買った――彼はあまり稼がない――ソファベッドは、高級品だから。なにが怖いの、とわたしは訊く。いつもきみはベラと閉じこもってる、ベラに話しかけているのが聞こえる、と彼は口ごもる。

出てって、荷物をまとめて、アパートから出てって、放っておいて、とわたしは言う。ひどく苦しんでるような顔をするけど、わたしは信じず、荷物をまとめるよう部屋に押しやりそうになる。彼はまた大声をあげるけど、今度は怖くて大声をあげてる。ベリータを見たからだ。とっても高価な金髪のウィッグをしてる。人毛で、黄色いきれいな毛、きっとウクライナかステップにある元ソ連の村でカットされたもので（シベリアの人たちって金髪？）、ひどく貧しい村から連れだしてくれる人をまだ見つけていない女の子の三つ編み。金髪で貧しい人がいるのが不思議に思える、だから買った。色のついた、にぎやかな珠のネックレスも買った。そして香りのついたろうそくに囲まれてる。わたしみたいじゃない女たちが、小さな炎とバラの花びらのあいだで男を待つために、バスルームや寝室に置いてるやつ。

彼は、お母さんに電話するからな、と言って脅した。好きにしたらいいわ、とわたしは応えた。いつになく太って見えた。ナポリタン・マスティフみたいに頬《ほお》が垂れて。そしてその夜、彼がスーツケースを持ち、肩にバッグをかけて出て行ったあと、わたしは、この先、少ししか、ほんのちょっぴりしか食べないことに決めた。ベラのからだみたいな、全部そろっていればだけど、それな美しいからだのことを考えた。白い骨が見棄てられた墓で月明かりの下で輝いてる、細い骨がぶつかりあうとパーティの小さなベルのように鳴り響き、森でのダンス、死の舞踏。彼は、むきだしの骨の霊妙な美しさとはまったく関係がない。骨を脂肪の層と退屈で覆っている。ベラとわたしは、美しく軽やかに、夜行性の、地上のものになる。骨にこびりついた土の汚れは美しい。空《うつ》ろな、踊る骸骨。わたしたちにはぜんぜん肉がない。

食べるのをやめて一週間後、わたしのからだは変わる。腕を上げると、そんなにたくさんじゃないけど、あばら骨がのぞく。わたしは夢を見る。いつか、この木の床に坐るとき、お尻じゃなくて、骨が床にあたる。そして骨は肉を突き抜け、床に血の跡を残し、内側から皮膚を切る。

ベラに装飾用のライトをいくつか買った。クリスマスツリーを飾るときに使うやつ。目のない、と言うより、死んだ目をした彼女を見つづけられなかった。だから空洞の眼窩《がんか》の中で豆電球を光らせることにした。色付きの電球なので、取り換えられる。そしたらベラは、赤い目の日があれば、緑の目、また青い目の日があったりする。目のあるベラがどんな感じかベッドから眺めているとき、アパートのドアを開ける鍵の音が聞こえた。母さんだ。スペアを持ってるのは彼女だけ、元カレのおでぶにはスペアを返させたから。ベッドから起きて、中に通した。お茶をいれ、坐って一緒に飲んだ。痩《や》せたわねえ、と母は言った。別れたストレスよ、とわたしは応えた。わたしたちは黙り込んだ。結局、彼女が話した。

「あなたが、なにかおかしなことにはまってるって、パトリシオが言ってた」

「なにに？　あのね、ママ、追い出されたから、なんやかやでっちあげてるのよ」

「頭蓋骨にとりつかれてるって言ってる」

わたしは笑った。

「彼がおかしいの。わたしは、何人かの友だちとハロウィーン用の怖い飾りや衣装を作ってる、楽しむためよ。仮装の衣装を買う暇がなかったので、ブードゥーの飾り壁を作った。そして他の小物を買うの、黒いろうそく、水晶玉みたいなガラスの玉、雰囲気を出すために、わかった？ここでパーティをするから」

よくわかったかどうかは知らないけど、ばかげたことでもまあ筋が通ってると思えたみたいだった。母はベラを知りたがった。わたしは見せた。寝室に置いてるのは彼女には不吉なことに思えたけど、パーティの雰囲気作りということはすっかり信じた。わたしはこれまで一度もパーティを開いたことがなく、誕生日が嫌いなんだけど。パトリシオの恨みに対するわたしの嘘《うそ》も信じた。

母は安心して帰った。しばらくやって来ないだろう。それがいい。わたしはひとりでいたい。今はベラが完全じゃないのが心配だから。歯がない、腕がない、背骨がないままじゃいられない。彼女に結びついてる骨を取り戻すことは、絶対できない、それははっきりしてる。それに、彼女に足りない、といっても全部だけど、骨の名前や形を調べるために、解剖学を勉強しなくちゃいけない。そしてどこで探す？　墓を荒らすことはできないし、どうやるのかわかりそうにない。父さんはよくお墓にある共同墓地の話をした。露天で、骨のプールみたいになってる。でも今はもうないと思う。あったとしても、監視されてるんじゃないかな？　医学部の学生たちはそこに自分の骸骨を、勉強のために使うのを探しに行くんだ、と父は話してくれた。今は勉強するための骨をどこで手に入れるんだろう？　それともプラスチックのレプリカを使ってる？　人間の肋《ろっ》骨《こつ》を持って通りを歩くのはとっても難しい気がする。ひとつ見つけたら、それを運ぶのに、パトリシオが置いていった大きなリュックサックを使おう。彼がまだ痩せてたとき、キャンプに持っていったのを。わたしたちはだれもが骨の上を歩いてる。埋められた死者たちに行きつくには、十分深く穴を開ければいいだけのことだ。スコップで、手で、穴を掘らなくちゃいけない。いつも骨を見つける、どこに隠されてるか、どこに忘れられたままになってるか、いつも知ってる犬たちみたいに。

隣の中庭

パウラは、本を入れたかごをいくつか押したせいで赤く跡のついた両手を見つめた、ミゲルは引っ越し業者に支払いをし、見送っている。彼女は空腹だった。疲れていた。だがその家が大好きだった。彼らはとても運がよかった。家賃は高くなく、部屋は三つあった、一つは書斎に、もう一つは二人の寝室に、三つ目のは、おそらく客用になる。中庭には、以前の借り主が、とてもきれいな一重の草花と大きくなったサボテン、元気で高く伸びた、妙な深緑色の蔓《つる》植物を残していった。そして、最高なのは、家にはテラスがあり、そこにはグリルと、持ち主の女性が反対しなければ——パウラは自分たちが思いついた妥当な手直しはどれも放っておいてくれると思っていた——東屋《あずまや》を造るスペースがあった。一方、持ち主はとても親切で寛容な女性に思えたし（契約書には、ペットを飼ってはいけません、でも、気にしないで、わたしは動物が好きです、と書かれている）、もう一方では、ぜひとも貸したがっているとも思えた。彼女は、たった一つの保証——ミゲルの両親の保証だけ、ふつう家主は保証を二つ求めた——、それに収入源は一つだけという条件で二人を受け入れたのだから。その収入源もミゲルの給料、なぜならパウラは今のところ働いていなかったから。もしかすると家主は金が必要だった、もしくは手入れしないせいで家が傷み始めるまえに貸しておきたかったのだ。

ミゲルはそうした家主の態度をうさんくさく思い、契約書にサインするまえに、もう一度家を見させてほしいと頼んだ。心配するようなところはまったくなかった。バスルームは完全に機能した。シャワーのカーテンを、黴《かび》がはえていたので、換えなくてはならなかったが。家は明るかった。通りに面しているものの、うるさくはない。そして低い家並のその地区は、とても静かなように見えたが、通り沿いの店にはたくさん人がいるし、角にはちょっとしたバルさえあったりして、活気にあふれていた。ミゲルは自分が病的なくらい疑り深かったことを認めなくてはならなかった。一方、パウラは最初からその家と家主を信用していた。彼女はすでにデスクと本の配置を考えていて、中庭で勉強したい、快適な肘《ひじ》掛《か》け椅子を買い、紙とコーヒーを持ってそこに坐りたい、そんな気分にもうなっていた。大学を卒業する、そして学位を取るためにまだ三つ残っている試験を突破する計画を立てていた。それを一年でして、そのあとまた働きたかった。初めて彼女は期限をもうけ、この先の月々の予定を入念に立てた。そしてその使命のためにはその家が理想的に思えた。

二人は、箱を開いて中身を出し、乱雑さに耐えられなくなるまで本を山のようにし、電話でピザを頼んだ。ラジオをつけて、中庭で食べた。ミゲルは、新しい家でまだテレビもなければインターネットもなしに過ごす最初の数日を嫌がった。そしてすっかり片づくまでの数週間のあいだにかけなくてはならない電話のことを考えて、早々と不機嫌になっていた。しかし、心配するには疲れすぎていた。タバコを一服したあと、シーツを敷いてないマットレスに横になり、眠り込んでしまった。パウラはもう少し我慢して起きていて、テラスにラジオを持って行き、星空の下で少し音楽を聴いた。通りの建物がとても近くに見えた。何年かのうちに、わたしの家──彼女はそう感じていた──と同じような家々が、高層ビルを造るために、買収されて解体されるだろうと思った。その地区ではまだ流行っていないが、時間の問題だった。中心部からそんなに遠くないし、近くに地下鉄の駅があり、閑静なところという評判だった。町の他のところのことに無関心でいられるなら、それを楽しむべきだった。

テラスは低い壁で囲われていたが、かなり高い金網のフェンスもあった──きっと家主がそこで犬を飼っていた、だから動物が好きと言った、そしてそうやって犬が逃げ出すのを防いでいたのだ。それでも隅っこに、金網が落ちているところがあった。そこから顔を出して、隣の中庭の一部を、四、五枚くらいの赤い敷石を見ることができた。下に降りて、ベッドでくるまる軽い毛布を探した。夜は涼しくなっていた。

目を覚まさせられたノックの音があまりに大きくて、彼女は信じられなかった。悪夢に違いなかった。家を揺すっていた。ドアをたたく音は、巨大な手、獣の手、巨人の拳が殴っているように響いた。パウラはベッドに坐った。顔はひどくほてっているような感じがし、汗が首筋に噴き出していた。そのノックの音は何かが中に入りかかっている、ドアをぶち壊しかかっているみたいに、暗闇で響いた。明かりをつけた。ミゲルは寝てる！　信じられなかった。きっと病気か気を失っているかだった。彼を激しく揺さぶった。しかしそのときにはノックの音はもう聞こえていなかった。

「どうした？」

「聞こえなかった？」

「どうしたんだ、パウ？　なぜ泣いてる、何があった？」

「目が覚めなかったなんて信じられない。ドアをたたく音、聞こえなかった？　蹴っ飛ばしてた！」

「玄関のドア？　見てみるよ」

「だめ」

パウラは叫んだ。動物が怖さのあまり上げる、うなるような叫び声だった。ミゲルはズボンを上げながら振り返り、そして言った。

「始めないでおこうよ」

するとパウラは歯をかみしめすぎて舌をかみ、泣きだした。彼はまたあの顔つきで彼女を見ていた。そして彼女にはその先どうなるかわかっていた。まず、彼はいらいらし、そのあと、すごく寛容になり、気分を落ち着かせようとする。そしてすぐ、ミゲルは彼女がいちばん嫌いなことをしようとする。つまり気がふれたものとして彼女を扱おうとする。殺されたらいい、と彼女は思った。中に入りたがっているのが武器を持った泥棒なら、彼がわたしを信じないでドアを開けるような役立たずなら、殺されたらいい、そのほうがよっぽどいい、わたしはこの家でひとりで楽しく過ごすわ、彼にはうんざり。だがパウラは立ち上がり、ミゲルの後ろから走り、お願いだから開けないで、と頼んだ。彼は彼女の目に何かを見た。彼女の言うことを信じたのだった。

「テラスから見ましょ。通りを見ないといけない」

「テラスは、全部金網が張られてる」

「もう見たわ。でも、金網はゆるんでて、簡単にはがれるの」

ミゲルはなんなく金網をはがした、それはほとんどはがれていた。大胆に体を出した。歩道にはだれもいない。通りの明かりが家の玄関を照らしていて、疑いようもなかった。そのブロック全体にかなり照明が当たっていた。正面には車が二台停まっているが、窓を通して、中が空っぽであることが見てとれた。だれかが後部座席に寝転んで隠れているなら別だが、でも……、だれがそんなことをして二人を見張る？

「寝よう」とミゲルが言った。

パウラは、泣きながら、後に続いた、まだ少し腹立たしかったが、ほっとしてもいた。もしもそれが夢であったなら、あまりにも真に迫った夢を見たことを喜んでさえいた。ミゲルは何も言わずにふたたび横になった。彼は話したくなかった。議論したくなかった。そして彼女にはそれがありがたかった。

翌朝、ドアをたたく音はずいぶん遠いもののように思え、パウラはあきらめて、悪夢の中の出来事として受け入れた。おかげで、彼女が起きたときには、ミゲルはすでに仕事に出かけていたので、自分が耳にしたものについて、面と向かって話をしなくてもすんだ。彼の悲しそうな顔に我慢しなくてもすんだ。どうにも不公平だった。彼女は、多くの人たちと同じように、鬱《うつ》になっていたことがあったから、薬を――ごく少量だが――飲んでいたから、ミゲルは彼女が病気だと思っていた。自分の夫がそんなに偏《かたよ》った見方をする人間だとわかって、とても驚いたが、この一年ではっきりした。彼女が鬱になった当初、ミゲルは彼女をベッドから出すことに固執した、ランニングしてこい、ジムに行け、窓を開けろ、友人たちに会いに行け、と彼女に言った。パウラが精神科医に診てもらう決心をしたとき、ミゲルはかっとなり、あんなペテン師どもの一人に会いに行こうなんて気になるな、何を話さなくちゃいけないんだ、もしかしたら僕のことを信じてないんだな、と彼女に言った。たぶん僕たちには赤ん坊が必要なんだ、と言いさえした。そして、体内時計のことや思いついたおかしなことを山のように話した。それはそのときにはどうでもいいことだったが、治り始めたとき彼女を悩ませ、ミゲルと夫婦でいつづけたいかどうかを考えたとたん不安にさせた。彼は他のことに対して偏見をあらわにしたことがなかった。それはもっぱら精神科医に、心の問題、狂気に向けられていたのだった。少しまえ、二人はそのことを話題にした。僕の考えでは、重病でなかったら、感情的な問題はどれも意志の力で解決できる、とミゲルは彼女に打ち明けた。

「それはとんでもないたわごとよ」と彼女は応えた。「たぶんあなたは、強迫症の人が、手を、なんていうか、無理やり洗うのをやめられると考えてるんでしょうね？」

やめられるとミゲルは思っているようだった。アル中は飲むのをやめられるし、拒食症は、本当に食べたければ、また食べられる、と。僕はたいへんな努力をしてる、と彼は床を見つめながら彼女に言った。君が精神科医のところに行って、薬をもらうのを認めるのに、というのも、そんなことはなんの役にも立たない、ひとりでによくなる、君が仕事で抱えた問題のあと悲しんでるのは普通のことだと思ってるから。

「悲しんでるだけじゃないの、ミゲル」と彼女は応えた、冷ややかに、そして愛想がつきて、彼の無知に愛想をつかして、そしてそれを我慢する気がほとんどないまま。

「わかってる、わかってる」と彼は言った。

パウラは姑が、魅力的な女性でパウラを好いていてくれたが、ミゲルと話をしたことを知っていた。より正確に言えば、ミゲルを怒鳴りつけたことを。

「わたしにはわからないの、パウリータ、いったいどうして息子があんなばかになったのか」と、二人でコーヒーを飲んでいるとき、彼女は言った。「わたしの家じゃ、だあれもそんなふうに考えない。わたしたちのだれもセラピーを受けないのは、おかげさまで、必要ないから。たぶんあのばか息子には必要なんだろうけど。ごめんなさいね、パウラ」

今、彼女は姑のモニカを待っていた、牝猫のエリを連れてくるはずだった。調子を狂わせないよう、神経質にさせすぎないよう、大がかりな引っ越しのあとで、その猫を移動させることに二人は決めていた。猫と姑は、パウラが台所に鍋と皿とフライパンをうまく収め終わったとき、やって来た。モニカのためにコーヒーを準備したが、その間、猫は、びくびくし、尻尾を脚のあいだに入れて、あらゆるもののにおいをかぎながら、新しい家を点検していた。

「きれいな家ね」と姑が言った。「とっても広くて、明かりはたっぷり、運がよかったわね！ブエノスアイレスじゃ借りられないわ」

彼女は中庭を見たがった。今度、鉢物を持ってくる約束をした。そしてテラスに見惚れた。落ち着いたらすぐに、焼肉用の肉を提供する約束をした。彼女はパウラと猫にキスして帰り、プレゼントに小さなフリージアの花束を置いて行った。そんなことをしてくれるので、パウラは姑が大好きだった。訪ねてきても居座らないし、意見を求められない限りとやかく言わないし、やりすぎにならないくらいに助ける術を心得ているし。

テラスを見たときから、パウラはエリのことが心配だった、避妊手術は受けているし、遠くには行かないだろうが、生まれて初めて――これまではアパートでしか暮らしたことがなかった――屋根を調べる気になるかもしれない。どうしようもなかった、その問題は解決できなかった。金網さえ猫を引き留めるには役に立たないし、よじ登る助けになりかねなかった。暑かった、パウラはテラスに上がった。勉強し始める気になれなかった。壁に坐ると、隣の家の中庭を、毛の短い、大きな灰色の猫が通っていくのが見えた。エリの彼氏だ、と思った。そして猫を飼っている隣人ができて嬉しかった。地区でいちばんの獣医を薦めてくれ、エリが逃げたら探す手伝いをしてくれるかもしれない。

その夜、ミゲルもドアをたたく音のことに触れず、彼女にはそれがありがたかった。二人は、デリカテッセンで買ったレンズ豆のシチューを食べたが、とてもおいしかった。そして早くにベッドに入った。ミゲルは疲れていて、すぐに寝入った。パウラは寝つけなかった。エリが立てる音を聞いていた。まだ落ち着かず、家の中を歩き回り、爪で箱を襲い、かごやレンジによじ登っていた。そして彼女はドアをたたく音を待っていた。中庭の明かりはつけっぱなしにしてある。その光が寝室に届いて、まったくの暗闇の中で寝なくてすんだ。ドアをたたく音はもどって来なかった。

それでも明け方のいつのことか、だれかが、とっても小さかったが、ベッドの足もとに坐っているのを見た。エリだろうと思ったが、猫にしては大きすぎた。影しか見えなかった。子供みたいだったが、頭に髪の毛がなく、禿頭《はげあたま》の輪郭が際立っていた。そしてとても小さく、痩《や》せていた。怖さより好奇心が先に立って、パウラはベッドに坐った。そして坐ったとき、子供らしき人影は駆け出した。しかし人間にしてはあまりにも速く走った。パウラは考えたくなかった。きっとエリだわ、猫のように走っていたから、エリだったんだ、そしてわたしは寝ぼけてる、寝ぼけているってことに気づかず、小人の妖精を見てると思ってるんだ。なんて、おばか。彼女は寝つけそうにないことがわかっていたので薬を飲んだ、そして翌朝、とても遅く目覚めるまで、何一つ気づかなかった。

日々が過ぎ、二人は箱とかごの一部を片づけていった。そしてドアをたたく音も小人＝猫ももどって来なかった。引っ越しのストレスということでパウラは納得した。いつだったか、引っ越しというのは、喪《も》、解雇に次いで三番目にストレスのかかる状況になるというのを読んだことがあった。ここ二年のあいだに彼女はその三つを経験した。父親が亡くなり、仕事を首になり、そして引っ越した。そしてばかな夫は意志の力ですべてを乗り越えられると信じていた。ときどき彼をどんなに軽蔑《けいべつ》したことか。新たな家での穏やかな午後、片づけたり、掃除をしたり、勉強したりしているとき、彼を棄《す》てようとときどき思った。だがそのまえに、自分の人生を再武装しなくてはならなかった。まず社会学の学位を取る、その称号を得たらすぐ、世論調査員の友人が、自分のコンサルティング会社での仕事をくれることになっていた。もちろんそのまえに働き始めることもできるが、パウラは準備ができていないことを知っていた。来年、そのときには、わたしは働き始める。そしてこんな状態が続くなら、お終《しま》いになる。

ミゲルはほっとしている、と彼女は思いさえした。少なくとも一年まえから、二人はセックスをしていなかった。ミゲルは気にしていないようだった。彼女は確かにその気はなかった。たぶん一年のうちにまたセックスし始めるか、もしくは最後には、事実上別れて、友人となる、そして事態はやわらぎ一緒に暮らし続けられる、ちょうど、好き合ってはいるものの、もう恋し合っていないカップルみたいに。二人の生活はそれなりに穏やかなものだったが、なごやかなものではなかった。時間が足りない、とパウラは思っていた、今は自分の科目を終えなくてはならなかった、わずか三つだった、そしてこれまで読んだところはそんなに複雑ではなかった。

それを見たのは、教材のコピーを読むあいだに一度休みをとって、テラスのロープに洗濯物をかけているときのことだった。エリは日向《ひなた》で寝ていた、その猫は町内の屋根を歩き回ることにまったく興味を示さず、そのことがパウラにはありがたかった。彼女は隣の中庭をのぞいた、見えたのはあの五つか六つの敷石だけ。コロニアル様式の家にあるような赤くて、古い敷石。そしてあれ以来見ていない灰色の猫を探した。死んだのだろうか？　鳴き声も聞いていなかった。隣の家の人は、眼鏡をかけた独身の男性で、とてもおかしな、予測できないスケジュールで動いていたが、礼儀正しい、でも愛想のない挨拶《あいさつ》をした。彼女は猫を見かけなかった。そして湿った衣類にもうもどろうとすると、中庭で何かが動く気配がした。猫ではなかった。片方の脚だった。子供の脚。むきだしで、足首に鎖がつながっていた。パウラは深呼吸をし、もう少し身を乗り出した。テラスから落ちそうになった。間違いなく、片脚だった。そして今、上半身の部分が見えて、大人ではなく、子供であることが確認できた。とても痩せた、丸裸の子供。ペニスが見えた。肌は汚れ、垢《あか》で灰色になっている。パウラは、彼に声をかけるべきかどうか、すぐに降りていくべきかどうか、警察に電話すべきかどうかわからなかった……。それまで中庭に鎖を見たことがなく――確かに、毎日、隣の中庭をのぞいていたわけではないが――、一度も、テラスから子供の声を聞いたことがなかった。

その子の見張りたちを警戒させないよう、自分の猫を呼んでるみたいに、舌打ちした。すると下にいる小さな体が動き、彼女の視界から外れる。それでも、五つか六つかの敷石の上にまだ鎖は見えていた。今は動いていない。まるでその子が、逃げ出すこともできず、緊張して、彼女が舌打ちしてくれるのを待って聞き耳を立てているみたいだった。パウラは両手を頬《ほお》に持っていった。そうした場合に何をすべきかわかっていた。長いあいだ、ソーシャルワーカーとして働いていた。しかし、一年まえの出来事——解雇と予審——のあと、ふたたび迷子たちや傷ついた子供たちに責任を持つことは考えたくもなかった。彼女は階段を駆け降りたが、バスルームまで行けなかった。リビングでもどし、本の入った箱の一つを汚し、へたり込んで泣いた。束ねていないストレートの髪はほぼ床についていた。そして猫は、首を傾げ、丸い緑の目で物珍しそうに彼女を見ていた。

何週間かまえの夜に見た子だ、ベッドの足もとにいた、と彼女は思った。同じ子だ。何をしてたんだろう、ときどき自由にさせてもらえるんだろうか、わたしは何をしたらいい。彼女がまずしたことは、吐いたものをきれいに片づけ、本の入った箱を空にし、異臭を放つダンボールをごみ箱に放り込むことだった。そのあと、テラスにもどり、のぞいた。鎖は同じ場所にあったが、子供は少し動いてしまっていて、足が見えた。人間の足、子供の足であることにまったく疑いの余地はなかった。児童相談所に、警察に電話することができたし、選択肢はたくさんあったが、まずミゲルに見てもらいたかった。彼に知ってもらいたかった、自分を助けてもらいたかった。ミゲルが彼女と責任を共有し、彼らがその子のために何かすることができたら、もしかするとあのころの二人のあいだにあったものの一部を取り戻せるかもしれない、と彼女は思った。週末には車でどこにでも、州内の隔絶した村々に行き、おいしい焼肉を食べ、古い家々の写真を撮る、あるいは日曜日には床にマットレスを置いてセックス、そして夫の兄が栽培し、蜂蜜で保存加工したマリファナを喫う。

パウラは慎重に振る舞うことにした。ほぼひと月のあいだで、その子を見たのは初めてだった。

ミゲルを連れてテラスに駆け上がり、鎖を、その子を見せるつもりはなかった。つながれている子がその場所から動いて、姿を見せるのをやめるかもしれないし、ミゲルに疑われたくなかった。まず、彼に話をする。そのあと、一緒にテラスに行く。彼に電話をかけそうになったが、我慢した。何度かテラスに上がった。いつも鎖が、もしくは足のついた鎖が見えた。ベッドに縛りつけられた子、鎖でつながれた子、閉じ込められた子をめぐるたくさんの話、ソーシャルワーカーをしていたころに聴いた話のことを考えた。彼女はそうしたケースを担当しなかった。町ではまれだった。その子供たちは決して立ち直れないと言われていた。恐怖に怯える人生を送り、若くして死ぬ、あまりにもひどいダメージを受け、いつも目に見える傷痕がある、と。

ミゲルがいつもより少し早く帰って来たとき、彼がバッグを肘掛け椅子の上に置くのを待たずに、彼女はその子のことを話し始めた。なんだ、なんだ、と彼は繰り返し、彼女は、隣の人が子供を中庭で鎖につないでる、と強調した。いいえ、そんなに珍しいことじゃないの、そんなケースはいっぱいある、ばかげたことじゃないの、上に行きましょ、上に行きましょ、いい、わたしたち、どうするか決めないといけないの。しかし、隣の中庭をうかがうために二人で一緒にのぞいたとき、鎖はもうなかった、子供も、彼の脚も、彼の足も。パウラは舌打ちしたが、それで得たものは、エリが、食べ物をくれると思って、幸せそうな鳴き声を上げながら、現れたことだけだった。ミゲルは、パウラがいちばん恐れていることをした。

「君はいかれてる」と言って、下に降りた。

台所で彼はグラスを壁に向かって投げた。パウラが中に入ったとき、ガラスの破片のきらめきに迎えられた。

「君は気づかないんだ」と彼は声を張り上げた。「幻覚を見てるってことに気づかないんだ！ほら、中庭に縛られた子がいるんだろ。はっきりしてる。仕事の一件のせいだということに、君は気づかない。君は取り憑かれてるんだ」

パウラも大声を上げた、何を言ったのかよくわからなかった。ののしり、釈明。彼がドアを開けっ放して出て行ったとき、引き留めたかった。だがそのとき、ふっと冷静になった。どうして本当の気狂いみたいに振る舞ったのだろう？　どうしてミゲルの言うとおりだと思ったのだろう？　彼はわけもなく、彼女を信用しない決心をした。たぶんそれは彼も彼女を棄てたいからだ。だが彼女は、自分のメンタルヘルスをめぐるその口論の中に何か理にかなったことがあるかのように振る舞った。彼女は隣の中庭で、鎖につながれている子供を見た。彼女はそれまで幻覚を見たことはなかった。ミゲルが彼女の言うことを信じないのなら、それは彼の問題だった。彼女はもう一度テラスに上がり、壁に坐り、その子がまた目に見えるところに来るのを待った。ミゲルはその夜、もどってこないだろう。彼女にはどうでもよかった。彼女には救うべき人間がいた。

箱の中に懐中電灯を見つけ、そして坐った。

パウラが首になったときの出来事もストレスが原因だったが、ときどきミゲルがそれを赦《ゆる》さないように思えた。ミゲルは、彼女を首にした連中みたいに、彼女自身もときにはそうだが、彼女を糞《くそ》ったれと考えているようだった。あの週は出だしが最悪だった。パウラは町の南部にある子どもシェルターの一つを担当していた、かなり小さな家で、ほとんどゲームのない、じめじめした娯楽室、唯一の娯楽であるテレビ、台所、三台の二段ベッド、つまりたった六つのベッドしかなかった。それはそれでよかった、大勢の子をあしらうのはどうにも厄介だった。金曜の夜、それはいつも厄介な夜なのだが、彼女の携帯に電話がかかった。彼女はぐっすり眠っていた、疲れていた。すぐに来てくれ、大変な問題が起きた、とのことだった。寝ぼけ眼《まなこ》で運転していた、そして、信じられないような、ばかげた光景に出くわした。子供たちの一人、六歳くらいの子が、麻薬でひどくハイになっていて——その男の子は、まえの日、彼女が非番のときにやって来たが、だれもその子をじっくり調べなかった。ドラッグを持っていたに違いなかった——、テレビの前で糞をしてしまっていた。下痢をしていて、娯楽室は悪臭を放っていた。当番のスーパーバイザー二人のうちの一人、ばかな女が、その子を路上にもどしたがっていた。彼女によると、スーパーバイザーにはヤク中の問題のある子を扱う資格がないという規則になっていた。そして、放り出すのは何よりもまず残酷な行為だ、そして結局は人を見棄てることだ、と主張するもう一人のスーパーバイザーとの口論は殴り合いになりかかっていた。その間、その子は、自分のベッドでよだれを垂らし、シーツを糞で汚していた。到着したとき、パウラは大声を上げて、そのスーパーバイザーたちにどうやって自分たちの仕事をするのかを説明し、そのあと、二人を手伝って掃除をしなくてはならなかった——清掃作業員は翌日まで来なかった——。その子は他のところに移された。そして彼を放り出したがっていたスーパーバイザーも。しかし、その分野では往々にしてあることだが、彼女を代えるのが大幅に遅れそうだった。そこでパウラは新しい人が来るまで引き受ける決心をした。もう一人のスーパーバイザーとアンドレスというとても意欲のある代理の男の子とで組む十二時間のシフト。

水曜日、子供たちの一人が逃げ出した。その男の子は、台所の窓から屋根によじ登ることができた。正午にその逃亡に気づいたが、いつ逃げたかはわからなかった。パウラは、その子がまた通りで、車と車のあいだで、食べかけのハンバーガーを盗んでいるところを考えて、足の先から頭のてっぺんまで体を震わせていたのをよく覚えていた。その子はバスターミナルから来た子で、たぶんトイレで売春をしていた。七歳なのに、泥棒の隠れ家を含めて町の隅々まで知っていた。退役軍人のように頑固で——退役軍人よりひどく、プライドというものがまったくなかった——、他の子たちや、彼女より経験のある何人かのソーシャルワーカーにしかわからないようなきつい方言を話していた。

その子はその夜、とある病院に現れた。彼女がビジャ21のまわりを見回っているとき連絡があった、そこでは十二歳のヤク中の女の子たちがトラックに乗り込んで運転手のペニスをしゃぶり、次の分の薬を買う金を稼いでいた。彼は病院にいた。薬でハイになっているときに車にはねられた。だが元気だった、骨は一本も折れていず、少し打っているだけだった。パウラは見に行かず、アンドレスに会いに行ってもらった。その子も他のところに移された。パウラは、自分たちは仕事ができない、子供たちは自分たちの手から逃げてしまうと思い始めた。次の日、五歳の女の子が来た。自分の両親ではない男女と一緒にいるところを発見された。汚れ、とても疲れていた。本当の両親が見つかるか、法的判断が下されるまで、一時的にシェルターにいることになった。その女の子は、シェルターで過ごす大半の子供たちのように疑い深くも寡黙でもなかった。テレビを見て、腹が痛くなるくらい笑った。よく話し、路上で聞かせている作り話をした。たとえば、彼女が植物園で知り合った子供＝猫の話。一人の男の子がそこで動物たちと暮らしている。黄色い目をしていて、暗闇でも見える。彼女は猫が大好きで、怖くない。その男の子は彼女の友だちだった。その女の子は自分の母親のことを話し、母《かあ》ちゃんとはぐれた、と言う。どこで暮らしていたのか知らなかった、汽車で自分の家まで来たことしか知らなかったが、どの線か思い出せず、駅を描くときには、町の最も大きな二つの駅の細部がごちゃまぜになった。パウラと彼女の同僚たちは、その女の子の家族はきっとすぐに見つかると思っていた。

翌金曜日、パウラは夜勤でシェルターに一人でいた。ミゲルは、彼女がそれをするのを嫌がっていたが、彼女は代わりの人が来るまでのことでしかないからと約束していた――そしてそれは嘘《うそ》ではなかった、彼女も夜のシフトは好きじゃなかったから――。シェルターには人なつっこい女の子と口数の少ない行儀のいい八歳くらいの男の子がいた。パウラは、アンドレスと交替する夜の十時に着いた。子供たちはもう眠っていた。アンドレスは、その週はずっとさんざんで――彼は通りをパトロールして子供たちを探す夜の仕事もしていた――、ビールを分けて、マリファナ・タバコ《ポリート》を喫おう、と彼女にもちかけた。パウラは応じた。ラジオもつけた。とっても大きかった、近所の人たちにさえ聞こえた、とあとで言われたが、そのときの彼女には音量はふつうで、ベルや電話の音、子供たちが起きたときの声や物音は聞こえるように思えた。二人は、飲んだり、笑ったり、お喋りをしたりして二時間を過ごした。彼女はそれを認めた。そのときは、なんにも悪いことはしていないと思った、不適切であることはわかっていたが、ややこしい一週間のあとリラックスしなくてはならないと思っていた。彼らは、楽しい時を過ごしている二人の仕事仲間だった。

彼女は、台所に入って来たときのスーパーバイザーの目つきを忘れられそうになかった、ラジオを一気に切り、二人に向かって叫んだ。いったい何してるの、あんたたち、いったい何しようって気、糞ったれどもが。とりわけ、「糞ったれども」という言葉はとても感情のこもった、とても率直なものだった。事態は急展開した。彼らは、ほろ酔い加減、ハイの状態、完全にやましい気分で、情報を吸収しなくてはならなかった。とある隣人がシェルターのスーパーバイザーに電話をした——その隣人は電話を持っていた——、なぜなら、シェルターで子供が泣いているのが聞こえたから。スーパーバイザーは、パウラが当直でいるから、不思議に思った。その旨を隣人に伝えたが、彼は、女の子が泣いてる、音楽の音がとても大きい、と主張した。音楽の話がスーパーバイザーを納得させ、彼女はすぐに、泥棒が入ったのか、何か大変なことが起きたのかと考えた。彼女がシェルターに着いたとき、実際、大変なことが起きていたが、彼女が思っていたようなものではなかった。人なつっこい女の子が二段ベッドから落ちて、足首を折り、床で大声を上げて泣いていた。もう一人の、無口な子は、ベッドから彼女を見ていたが、助けを求めに行かなかった。そして台所から聞こえてくる音楽はばかでかく、まるでだれかがそこでパーティでもしているみたいだった。ドアを開け、パウラとアンドレスを見て、これまでめったになかったくらいに驚き、腹を立てた。二人はビールを二本空け、灰皿にはポリートをくゆらせ、ばか笑いしていたが、二人を信頼している女の子は、少なくとも三十分まえから床で痛くて悲鳴を上げていた。

　予審が始まったとき、そのスーパーバイザーは容赦がなかった。彼女は供述し、二人の解雇を勧めた。経験豊富で、尊敬に値する女性だった。彼女は、二人をほぼ即刻、そして控訴権も与えずに首にしてもらうことができた。二人は何が言えるのだろう？　ストレスがかかっていた？　じゃあ、通りで母親とはぐれた女の子は、そして貨車に隠れているのを見つかった無口な男の子は、どうなの？　二人は楽しく過ごしてた？　ミゲルは、君のことは理解してるよ、連中はおおげさなんだ、君を食い物にしてる、といつも彼女に言った。供述には彼女に付き添い、大きな声で彼女に裁断を下さなかった。だが、彼女には彼の考えていることがわかった。だれもそれしか考えられなかったから。解雇が当然だ。軽蔑が当然だ。彼女は無責任な人間、恥知らず、無知な人間として行動していた。

　解雇のあと、鬱になった。ベッドから起きられない、眠ることも食べることもできない、風呂に入りたくない、そして泣きに泣く、とても典型的な鬱だが、たった一度だけ、アルコールと一緒に薬を飲んで、ほぼ二日眠ったときには、ずっと遠くに行ってしまった。しかし、精神科医ですら、そのエピソードは自殺未遂と見なせないことを認めた。入院させるようほのめかしさえしなかった。彼はミゲルに、少なくともしばらくのあいだ、いつ、どれだけ飲んだか見張るよう協力を求めた。ミゲルはしぶしぶそれをした、まるでとても重い、とても難しい義務ででもあるかのように。彼にとってはそうだ、とパウラは思った。だが彼は、ひどいけど、ふつうの鬱だったんだ、と誇張していた。今では彼女はそれを乗り越えていた。そしてミゲルは彼女を気のふれた女として扱った。彼女は決してそうではなかったが、その理由は他にあった、つまりあの女の子を見棄てたことで彼女を絶対赦せなかったのだ。彼は、夜の泣き声、折れた足首、ビールの臭いにあふれる口を大きく開けて笑っている彼女の姿、そうしたものが頭から離れなかったから。だからこそ、もう彼女に欲情を感じなかった。あまりにも暗い面を見たからだった。彼女とセックスをしたくなかった。彼女とのあいだに子供は欲しくなかった。彼女に何ができるのかわからなかった。パウラは聖女——虐待される児童を専門にする、まるで母親のような献身的なソーシャルワーカー——という存在から、子供たちを放ったらかしにしたまま、クンビアを聞き、酔っ払っているサディスティックで冷酷な公務員という存在へと移ってしまった。悪夢の孤児院の極悪非道の院長になってしまった。

ともかく、彼らのあいだにあったものはそのとき終わってしまった。だが、彼女はまだ何かできそうだった。鎖につながれた男の子を救えそうだった。彼女は救おうとしていた。

ミゲルはその晩、もどらなかった。その男の子は姿を見せなかったし、鎖さえなかった。パウラはテラスにいて、敷石を見ていた。そこから、夫が留守番電話にメッセージを残し、母のところにいる、電話してくれ、話し合わないといけない、でも帰るには数日かかる、と言うのを聞いた。いいわ、どうでも、とパウラは思った。暑かった。エリは一晩中彼女と一緒にいた。毛布の上で抱き合って寝たが、やがて焼けつくような朝日に目が覚めた。エリはいつものように朝食の水を求め、パウラは蛇口を開けて、細く流れ落ちる水を飲ませた。どんな猫とも同じで、エリは冷たい水道水が大好きだった。パウラは、ざらざらした舌を出している、白い足の、とても美しい黒猫を見て泣きだしそうになった。ミゲルよりも好きなのは確かだった。

男の子は中庭にいなかったが、パウラは隣の家のドアの音を聞いた。テラスを走って横切り、その男を、隣人を見た。大通りのほうに向かって歩いて行った。あの子の父親だろうか？　それともあの子を奴隷にしてるのだろうか？……あまり考えたくなかった。家に入るという狂気じみた決心をした。テラスから中庭に跳ぶことができるかもしれない。一晩中、研究していた。猫のように利口でなくてはならなかった、境界壁に跳び上がり、そこから中庭にある古いがらくた——湯沸かし器？　そんなようなもの、金属の円筒——へ、すると、もう家の中。子供が見つかったら、その家から警察に電話できる。

中庭に入るのは、思いのほか簡単だった。彼女は、ちょっとした、当たり前のことを思った。これって、それじゃあ、隣の家でも、わたしの家でも泥棒に入るのはとっても簡単ってことなんだ。彼女は、あとでそんなことを考えたのだろう。自分がしなくてはならないことをし終えたときに。

中庭から家の中まで行くのに、ドアを二つ開けた。一つはリビングに通じるドア、もう一つは台所に通じるドア。中庭に子供のいた痕跡はなかった。そこには鎖さえなかった。食べ物や水を入れる容器もごみもなかった。それどころか、消毒剤か漂白剤の臭いがしていた。だれかが洗い流してしまっていた。子供は中にいなくてはならなかった。彼女がミゲルと言い合っているときに、あるいは朝、彼女が寝ているときに、男が連れ出したのでない限り。ばか、なまけもの、寝るなんて！

彼女は台所に入った。かなり暗かったが、明かりはつかない。中庭のを含めて、他のスイッチを試した。その家には電気が来ていなかった。怖かった。台所はひどい臭いだった。アドレナリンが、その強烈な臭いの衝撃をもろに受けるのを妨げていた。だが調理台はきれいだった、テーブルも。パウラは冷蔵庫を開けた、おかしなものは何もない。マヨネーズ、皿に載ったカツレツ、トマト。そのあと、パントリーを開けると、臭いが目を満たして、涙をあふれさせ、喉《のど》は苦い液体でいっぱいになった。吐かないよう必死になったが、胃はやけになったように揺れ動く。何も見えないが、見る必要もなかった。パントリーは腐った肉でいっぱいで、その上には腐敗物につく白いうじ虫が育ち、くつろいでいた。最悪なのは何の肉か見分けがつかないことだった。男が気が変になってそこで腐らせてしまったふつうの牛肉なのか、それとも別のものなのか。人の体形は見分けられなかったが、実際のところ、何の形も見分けられなかった。薄暗がりで、肉はそこで自分の死を経験し、まるでパントリーのキノコみたいに、そこで育っているように思えた。彼女はパントリーのドアを閉めずに台所から走り出た――もう吐き気が我慢できなかった――。もどって、ドアを閉め、自分の痕跡を消さなくては、と思ったが、それができる気分ではなかった。なるようになれだった。

家のその他の部分、玄関、二つの寝室、どこもとても暗かった。それでも、パウラは男の部屋に違いないところに入った。窓がなかった。薄暗がりの中、ベッドはきちんと整えられていて、二月で暑い盛りなのに、とても暖かい毛布がかかっているのがわかった。壁紙はとても細かなデザインだった、蜘蛛《くも》の網目のような、小さな図柄に見えた。パウラはそれに触れた。すると驚いたことに、壁はざらざらした塗装のようだった。近づくと、壁紙でないことがわかった。壁には、繊細《せんさい》な図柄と見誤ったエレガントな均一の文字が、空白をほとんど残すことなく書かれていた。まとまりのある文を見分けることはできなかった。日付があった。「三月二十日」、彼女は声に出して読んだ、「十二月十日」。そしていくつかの言葉、「眠った」、「青」、「理解」。ポケットのライターを探ったが、持ってきていなかった。台所で探したくなかった。もっと暗闇に慣れたら、読めるかもしれないと思ったが、何分か待ったあと、背中に汗が流れるのを、頭痛がひどくなるのを感じた、そしてそのぞっとしない家で、絶対に入ってはいけなかった家で気を失うのが怖かった。足首を折ったあのかわいい女の子のことが――そして救急車で運ばれて行くときのあの子の顔の目つき、パウラのせいだと、パウラは路上と同じくらい意地悪だと知ったあの憎悪の目つきが――、気になっていなかったら、中庭でちらっと見かけたその男の子のことがはたして気になっていただろうか。あの狂人と暮らしているなら、どんな回復の見込みもたたず、ふつうの生活も送れないくらい、たぶんもう永久に破滅させられていることだろう。彼を発見することができたら、なしうる最も慈悲深いことは、彼を殺すことだった。

彼女はリビングに移った。ここも片づいており、空っぽだったが、そこで、茶色い人工皮革のソファの上に、鎖を見つけた。そのリビングは、照明のあたった中庭に向いていた。彼女はあえて声をかけた。

「あのねえ」とささやいた。「ここにいるの?」

その家では大声を上げなくてもいいことがわかっていた。それほど大きな家ではなかったし、まったく静まりかえっていたからだ。待ったが、何も聞こえなかった。ガラス扉のある書棚に近づいた。紙の山が見分けられたが、扉を開けたとき、がっかりしただけでなく、とても怖くもなった。紙はどれも電気、ガス、電話の請求書で、どれも未払で、日付順に整理されていた。だれもこのことに気づかなかったの? 中流の地区にこんな状況で暮らしてる男がいるってことをだれも知らないの? おそらく、未払の請求書の中には別の種類の紙があるかもしれなかったが、パウラは急ぎ、本を調べなくてはならなかった。どれも図版が載っている、光沢紙の大きくて分厚い医学書だった。彼女がめくった最初の本はこれといった特徴もなかったが、二番目の本にはあった。それは解剖学の本で、女性の生殖器を説明しているページには、緑のボールペンで、亀頭に棘《とげ》のついた巨大なペニスが描かれていた。そして、子宮には大きな緑の目をした赤ん坊が。その赤ん坊は指を吸ってはいず、卑猥《ひわい》な表情でそれをなめていた。その表情に思わず大きな声で言った。「なんなの、これ?」。玄関のドアで鍵の音がするのを聞いたとき、その本を床に放り出した。下着とパンツが濡れるのを感じ、中庭に走った、必死にタンクをよじ登り――落ちる、落ちる、手に汗をかいてる、血圧が低い――そして、恐怖にかられて猛スピードで、テラスにもどった。階段を駆け降り、中庭のドアに鍵を掛けた。そんなことをしても男を止められないように思えた。きっと後を追ってきている。わたしの話を聞かないといけないから、臭いパントリーを開けっ放しにしたから、わたしが彼の線画を見たから。そこには他にどんな線画があったんだろう、あの壁は何を意味してる？　そして男の子は？　男の子だった？　それとも大人で、ときどき自分を中庭につなぎたくなるのだろうか？　おそらく、彼だった。距離があったし、子供たちとの話から暗示にかかって、もしかすると、その男が実際より小さく見えた。あの男の子は存在しないと思い、彼女はほっとした。しかし、その安堵は彼女を支えてくれなかった。たぶんその狂人は危険ではないし、勝手に家に入ったことを気にしていないかもしれない。

だがパウラはそうは思わなかった。見たものを思い出した。肘掛け椅子の上の、かつらみたいなもの。彼女の知らない言語か造語で書かれている、あるいは意味もなく集められた単なる文字でしかない、壁のいくつかの言葉。中庭の植物はすべて枯れていたが、地面は、まるで水をまいたかのように、湿っていた。まるでだれかが、植物が枯れていることを受け入れられずに、あるいは理解できずにいるかのようだった。

彼女は初めてミゲルをはっきり憎んだ。彼女を放っておくから、彼女を判断するから、臆病だから、非常に重要な本当の問題から逃げるから、彼のお母さんのところに逃げるから！　彼女は彼に電話した。糞ったれ。

「いないわ」と姑が言った。「あなた、元気？」

「いいえ、ぜんぜん良くないんです」

沈黙。

「携帯に電話しなさい、良くなるわ、気にしちゃだめよ」

彼女は電話を切った。ミゲルは何時間もまえから携帯を切っていた。そうした状況では、パウラは自分の父親が恋しかった。理解しがたい、そんなに優しい人ではなかったが、正直で決断力のある人、ささいなことに驚いたり怒ったりしない人だった。彼女は、父がどれほど母の世話をしていたか思い出した、母は脳腫瘍で気がふれたまま亡くなったが、父は母が悲鳴を上げるのを聞いても顔の筋肉をまったく動かさなかったし、大丈夫だよ、とも言わなかった。大丈夫ではなかったし、そう言って否定することはばかげたことだったから。

ちょうど今と同じ。何か悪いことが起きようとしている、そしてそれを否定することはばかげたことだった。

もう一度携帯をかけてみようとしたが、まだ切っているのか、サービスエリア外かだった。そのとき、エリの声が聞こえた。怒ってうなり、そのあと狂ったようにニャーニャー鳴いていた。猫の叫び声は寝室から来ていた。パウラは走った。

一人の男の子がエリを膝に坐らせていた。その子はベッドの上にいた。彼女を見たが、その緑の目は血走り、瞼《まぶた》は、イワシのように、灰色で油汚れしていた。悪臭を放ってもいた。彼の臭いは部屋中に満ちていた。禿げていて、とても痩せているので生きているようには思えなかった。体のわりに大きすぎる手で、乱暴に、やみくもに猫を撫《な》でている。もう片方の手は首をつかんでいた。

「放して！」とパウラは叫んだ。

隣の中庭の子だった。足首に鎖の跡があった。血が出ているところもあれば化膿して膿《うみ》が出ているところもある。彼女の声を聞くと、その子は頰笑んだ。するとその子の歯が見えた。やすりを掛けられて、三角形になっていた。まるで矢じりみたい、のこぎりみたいだった。その子は、素早い動きで猫を口にもっていき、腹にそののこぎりを突き立てた。エリは悲鳴を上げ、パウラはその目に最期を見たが、その子は歯で猫の腹に穴を掘り、鼻まではらわたに埋《うず》め、猫の中で息をしていた。猫は、怒りに満ちた、驚愕の目で飼い主を見ながら死んでいった。パウラは逃げなかった。その子が猫のやわらかいところを貪《むさぼ》っているあいだ、彼女は何もしなかった、やがてその子の歯が背骨にぶつかった。そしてそのとき、死骸を片隅に放り投げた。

「どうして?」と彼女は訊いた。「あなた、だれ?」

しかしその子は答えなかった。立ち上がった。脚はまったくの骨、性器はとてつもなく大きく、顔は血と、はらわたと、エリの絹のような黒い毛に覆われていた。ベッドの上で何かを探しているようだった。それを見つけると、まるでパウラにはっきり見せるように、天井の明かりのほうにかかげた。

それはドアの鍵だった。その子はそれをかちゃかちゃさせて、笑った、そしてその笑い声に血に染まったげっぷがついて出た。パウラは駆け出したかったが、まるで悪夢の中のように、脚が重く、体は振り向くのを拒んでいた、何かが彼女を部屋のドアに釘づけにしていた。だが彼女は夢を見ていなかった。夢の中ではだれも痛みを感じない。

黒い水の下

その警官は、傲慢《ごうまん》に目を上に向けて、入って来た。手首に手錠はなく、彼女がよく知っている皮肉たっぷりの笑みを浮かべている。免責になることがわかっている、ばかにするような態度だった。彼女は、そんな男たちを大勢見てきた。有罪にできたのはあまりにも少なかった。

「坐ってください、警部補」

検事のオフィスは二階にあり、窓は何にも面しておらず、見えるのはビルとの隙間だった。ずっとまえからオフィスと管区の変更を願い出ていた。百年を経たそのビルの暗さが大嫌いだった、そして、南部の貧困化した地区の事件、犯罪が常に不運と絡む事件を担当するのはなおさら嫌いだった。

その警官は腰をおろした。彼女は、嫌々、二人分のコーヒーを頼んだ。

「なぜここにいるか、もうお分かりですね。あなたには黙秘権があることも知っていますね。なぜ弁護士と一緒に来なかったのです？」

「俺《おれ》は自分で弁護できるし、おまけに、無実だ」

検事はため息をつき、指輪をいじった。いったい何度、同じシーンに立ち会ったことか？　いったい何度、警官が貧しい若者を殺したことを彼女に面と向かって、そしてあらゆる証拠を前にして、否認したことか？　なぜなら南部の警官たちは、人を守ること以上に、そんなことをしているからだ。若者たちを殺すことを、ときには残忍性から、ときには子供たちが彼らのために「働く」こと――彼らのために盗むこと、あるいは警察が押収したドラッグを売ること――を拒んだから。あるいは彼らを裏切ったから。貧しい若者たちを殺すための、ひどく卑劣な理由はたくさんあった。

「警部補、あなたの声は録音されています。録音を聞きたいですか？」

「何にも言ってねえよ」

「何も言っていない。じゃあ、聞いてみましょう」

彼女のコンピュータに音声ファイルがあり、それを開いた。スピーカーからその警官の声が聞こえた。「一件落着、やつら、泳ぎを覚えたな」

「で、それが何を証明するんだ？」と、警官は鼻を鳴らしたあと、訊いた。

「時間と内容から、二人の若者がリアチュエロ川に放り込まれたことを少なくともあなたは知っていた、それを立証します」

ピナッ検事は二か月のあいだ、その事件を調べていた。話をさせるため警官たちを買収したり、脅したり、前任の裁判官や検事たちの無能力が頭に来て怒りまくった午後を過ごしたりしたあと、最終的に、正式に得られた数少ない証言に合致する、事件についての説明をまとめ上げていた。エマヌエル・ロペスとヤミル・コルバラン、十五歳の二人は、コンスティトゥシオンで踊ったあと、リアチュエロ川岸のビジャ・モレーノにある自宅に帰宅中だった。バスに乗る金がなくて歩いて帰ってきていた。第三十四警察署の二人の警官が彼らをつかまえ、キオスク強盗をしようとしているという理由で告発した。ヤミルがナイフを持っていたからだが、そのような強奪未遂は確認されなかったし、通報はいっさいなかった。警官たちは酔っていた。リアチュエロ川のほとりで、彼らは、ほとんど意識がなくなるまで若者たちを殴った。そのあと、手荒にセメントの階段を上らせ、リアチュエロ川にかかる橋の見晴らし台まで行って、川に突き飛ばした。「一件落着、やつら、泳ぎを覚えたな」と、二人の被告のうちの一人、今、彼女のオフィスにいるクエスタ警部補が無線で言った。そのばかは会話を消すよう命じるのを忘れていた。検事生活の中で彼女は、そんなことに、警官の残忍性と愚かさの我慢のならない組み合わせに慣れてもいた。

ヤミル・コルバランの遺体は、橋から一キロのところに上がった。今、リアチュエロ川はほとんど流れない。動かず死んでいる。油やプラスチックの残骸や工業薬品を浮かべ、町の巨大なごみ箱になっている。検死では、その少年が黒い油の中を泳ごうとしたことが明らかにされた。彼は、腕がもう動かなくなったとき、溺死《できし》した。警察は、何か月ものあいだ、若者の事故死説を主張し続けようとしたが、一人の女性がその夜、叫び声を耳にしていた。「放り込まれた、助けて、死ぬー」と、溺れながら、その少年は叫んでいた。その女性は助けようとしなかった。ボートがなければ、川から引き上げられないことがわかっていた。そして彼女はボートを持っていなかったし、近所のだれ一人として持っていなかった。

　エマヌエルの遺体は上がらなかった。だが、彼の両親が、その晩、彼はヤミルと出かけた、と断言した。そして川辺に、彼のスニーカーが打ち上げられた。輸入品の高価なモデルで、おそらく少し前に盗んだ靴だったから、間違えようがなかった。彼は、その夜、それを履いて、ディスコで女の子たちの気を惹こうとした。彼の母親はその女の子たちがだれかすぐわかった。母親は、クエスタ、スアレス両警部補が自分の息子をつけまわしていた、わけは知らないけど、とも言った。検事は、若者が死亡した週にその同じオフィスで彼女を事情聴取していた。その女性は泣きに泣き、息子はいい子です、たとえ、そう、ときどき盗みをしたり、ときにはヤクをやったりするけど、それは父親がどっかに行ってしまったからで、あたしたちは貧乏で、あの子はいろんなものを、靴やアイフォン、テレビで目にするものはなんでもかんでも欲しがるんです、と言った。そして、なんであの子があんな死に方をしなきゃならないんです、溺れ死んだのは、あの子が汚染された水の中で泳ごうとしてるあいだ、数人の警官があの子を笑いものにしたがってた、あざ笑おうとしてたからですよ、と。

　ええ、もちろんそんな目にあういわれはありません、と彼女は言った。

「俺はだあれも川に放り込まなかった、検事さん。もうこれ以上、言うことはねえよ」

「ご自由に。これは、あなたにとって、一種の合意に達するチャンスなんです。それが、たぶん、あなたの刑を軽くしてくれます。わたしたちは、その遺体がどこにあるのか知る必要がありますし、その情報がもらえたら、もしかすると、はっきり言えませんが、小さな刑務所か宗教色のある伝道者棟に行けるかもしれません。知ってのとおり、伝道者たちと閉じ込められるのは一般囚人と一緒にいるのと同じじゃありません」

その警官は笑った。彼女をあざ笑った、死んだ子供たちをあざ笑った。

「こんなことで、俺はたっぷり暇がもらえるとでも思ってんのか？」

「私は、あなたが二度と出てこないようにするつもりです」

検事は落ち着きを失くすところだった。拳を握りしめた。一瞬、警官の目を見つめた、すると、彼は、違う声で、まえより真剣な、皮肉っぽさのまったくない声で、とてもはっきり言った。

「あんなビジャ、丸ごと燃えちまえばいい。それか、みんな溺れ死ね。あの中で何が起きてるか、あんたたちにはわからん。さっぱりわからねえよ」

彼女はわかっていた。マリーナ・ピナッは検事になって八年になる。ビジャ・モレーノには何度か足を運んだ、仕事があって出かけたわけではない——彼女は、どの同僚たちもしているように、彼女のデスクから調査することができたが、調書で読んだ人たちを知りたかったのだった——。まだ一年にもならないが、彼女の調査が、皮なめし工場の近くに住む家族のグループが、クロムやその他の有毒廃棄物を川に投棄しているその工場に裁判で勝つ役に立った。それは損害に対する、広範囲にわたる複雑な刑事裁判だった。その川の近くに住み、その川の水を飲んでいる家族の子供たちが、母親たちは煮沸して毒を取り除こうとしていたものの、病気になり、三か月のうちに癌《がん》で死んだ、皮膚にできたぞっとするような発疹が子供たちの腕や脚をむしばんでいた。そして、何人かが、いちばん小さい子たちが、奇形で生まれ始めていた。腕が多い（ときには四本も）、猫のように広い鼻、こめかみの近くにある盲目の目。医者たちが、少し困ったようにして、その先天性欠損に与えた名前を彼女は思い出せなかった。彼らの一人がそれを「突然変異」と言ったのを覚えていた。

その調査のあいだ、そのビジャの司祭、フランシスコ神父と知り合った、若い主任司祭で、身分の目印になるカラーさえ使っていなかった。だれも教会に来ません、と彼は話した。彼は極貧家族の子供たちのための食堂を持っていて、彼にできることを手伝っていたが、どんな司祭の仕事も放棄していた。信者はほとんどいなくなり、何人かの年老いた女性だけになった。ビジャの住民の大半はアフリカ系ブラジルの宗教の信者か、独自の崇拝の対象、聖ゲオルギウスか聖エクスペディトゥスといった個人的な聖人をもち、街角に小さな祭壇をしつらえていた。悪いことじゃない、と彼は言った、だが、ときどき一握りの老婆たちに頼まれるとき以外は、もうミサを行っていなかった。その好意的な若い司祭は、マリーナには、ひげに長髪に頬笑みといった、七〇年代の革命闘士を思わせる風貌の背後に、暗い絶望を背負って、疲れているように見えた。

その警官がドアをばたんと閉めて出て行ったとき、検事の秘書が数分遅れてドアをノックし、他にも待っている者がいることを告げた。

「今日はだめ」と検事は言った。彼女は疲れ切って、腹を立てていた、警官たちと話さなくてはならないときはいつもそうだった。

「頼むよ、応対してくれないか、マリーナ。知らないと思うけど……」

「でも最後にしてね」

秘書はうなずき、目で礼を言った。マリーナはもう、今夜料理するのに何を買おう、それとも、どこかレストランに食べに行きたくなるのかも、と考えていた。彼女の車は修理工場にあったが、自転車が使える。この時期、夜は涼しいし、美しかった。オフィスから出たかった。だれか友だちに電話してビールを飲みたかった。その日が、そしてその調査が終わってほしかった。そして男の子の死体にさっさと上がってもらいたかった。

急いで出るために鍵やタバコ、何枚かの紙をブリーフケースにしまっていると、オフィスにがりがりの若い妊婦が入って来た、名前を言いたがらなかった。マリーナはデスクの下に置いてある小さな冷蔵庫からコカ・コーラを取り出し、「話して」と彼女に言った。

「エマヌエルはビジャにいるよ」とその女の子は、その炭酸飲料をごくごく飲みながら、言った。

「何か月？」とマリーナは訊き、女の子の腹を指さした。

「わかんない」

もちろん彼女は知らなかった。マリーナは六か月くらいと見積もった。その子の指先は焦げていた。低純度のコカイン《パコ》のパイプにつく妙な黄色で汚れていた。赤ん坊は、生きて生まれたら、病気で、奇形で、あるいはヤク中で生まれてくることになる。

「どこでエマヌエルと知り合ったの？」

「あたしたちはみんな、彼を知ってる。彼の家族はモレーノじゃ有名。あたしは埋葬に行った。

エマヌエルはあたしの妹の彼氏みたいなもんだった」

「で、あなたの妹さんはどこにいるの？　彼女も彼だとわかったの？」

「いいえ、妹はもうそこには住んでない」

「そう。それで？」

「エマヌエルは川から出てきたと何人かが言ってる」

「放り込まれたその夜に？」

「いいえ、だから、あたし来たの。二週間まえに出てきた。もどってきたとこ」

マリーナはぞっとした。その女の子はヤク中特有の開いた瞳をしていた、そして目は、オフィスの薄明りの中で、まるでシデムシの目のように、全部が黒く見えた。

「もどったって？　どこかに行ってたの？」

女の子は、ばかじゃないのと言いたげな目で彼女を見た、そして声は、笑いをこらえて、いっそう太くなった。

「いいえ！　どこにも行ってないよ。川からもどったんだ。ずっと水の中にいた」

「嘘《うそ》おっしゃい」

「いいえ。あんたが知らないといけないから、あたしは来たの。エマヌエルはあんたに会いたがってる」

彼女は、その女の子が有毒パイプで汚れた指をどんなふうに動かしているのか考えないようにした、まるで関節がないかのように、まるでとびきり柔らかいかのように指を交差させていた。

この子は、汚染水による先天性欠損、奇形児の一人なんだろうか？　年をとりすぎてる。それじゃあ、奇形はいつから起きるのだろう？　なんでもありか。

「それで、今、エマヌエルはどこにいるの？」

「線路の向こうのところにある家の一つにしけこんでる、そこで友だちたちと暮らしてる。じゃあ、お金、くれる？　お金がもらえるって言われたのよ」

彼女は、もうしばらくオフィスに引き留めたが、その女の子からはそんなに聞き出せなかった。エマヌエル・ロペスはリアチュエロ川から浮かび上がった、とその女の子は言った、みんなは彼がビジャの迷宮みたいな通路を歩いているのを見た、そして何人かが彼とすれ違ったとき、怖くて駆け出した。ゆっくり歩いてた、臭かった、と彼らは言った。母親は彼を迎え入れようとしなかった。それがマリーナには驚きだった。そしてビジャの奥、放置された線路の後ろにある廃屋の一つにもぐり込んだ。その女の子は、マリーナが証言の報奨を支払うとき、手から札をもぎとった。その強欲さが検事をほっとさせた。その子が嘘をついていると思っていた。たぶん、人殺したちと仲のいい警官が彼女を送り込んだ――それとも彼ら自身が。連中は、ともかく自宅監禁になっているが、それに従っていない――。二人の子のうち一人が生きていることになれば、訴訟はつぶれかねなかった。被告の警官たちは、リアチュエロ川で「泳がせる」ことで若い泥棒たちを拷問にかけた様子を同僚の多くに、話した。その同僚たちの何人かは、何か月も交渉し、情報料として多額の金を払ったあと、彼らから聞いた話を、彼らの自慢を陳述した。犯罪は証明されたが、一人の死者が生きていることになれば犯罪は一つ減り、捜査全体に疑問の影をおとすことになる。

その夜、マリーナは、評判はいいがサービスは最低の新しいレストランで、まったく心の躍ることのない夕食を急いですませてアパートに帰ったが、気分が落ち着かなかった。あの妊娠している女の子は単に金目当てなんだ、と彼女の理性が言っていた。だが、その話には、まるで鮮やかな悪夢のように、妙にリアルに響くものがあった。川岸に触れる、死んだものの生きている男の子の手のことを、殺されて何か月後にもどった泳ぐ幽霊のことを考えて、よく眠れなかった。その子が浮かびあがって、汚物を振り払ったとき、その手から指が落ちる夢を見た。そして目を覚ましたが、鼻には腐肉の臭いがまとわりつき、シーツのあいだにその膨らんだ、病気に感染した指が見つかるのでは、と怯えていた。

夜が明けるのを待って、ビジャのだれか、エマヌエルの母親、フランシスコ神父と連絡をとろうとした。だれも電話に出なかった。不思議なことではなかった。町では携帯が通じにくく、ビジャではなおさらだったから。司祭の食堂も救急病院も、だれ一人出ないので心配になった。それは確かに妙だった。そうした場所には固定電話があるからだ。このまえの嵐で、切れたのだろうか？

一日中、連絡をとろうとし続けた。つながらなかった。その夜、午後の予定をすべてキャンセルしたあと——頭が痛い、集中して調書を読むことにするわ、と秘書に言うと、彼は、常に従順で、彼女のミーティングや事情聴取を全部中止した——、スパゲティを作りながら、翌日ビジャに行くことに決めた。

町の南部、モレーノ橋に通じるわびしい大通りは、このまえ来たときから、何も変わっていなかった。ブエノスアイレスは、廃業した商店、占拠されないよう窓をレンガでふさいだ家、七〇年代のビルの屋上を飾る錆《さ》びた看板へと崩壊し続けていた。まだ衣料品店や怪しげな肉屋や教会はあった、その教会は閉まっていたのを思い出したが、今、タクシーから見ても、あいかわらず閉まっていた。だが、用心に用心を重ねて、もう一つ南京錠が掛かっていた。大通りは、わかっていたことだが、デッド・ゾーン、地区でいちばん人気のないところだった。建物のファサードはどこも装飾用の怪人面《マスカロン》となっているが、その後ろには、この町の貧しい人たちが住んでいた。そしてリアチュエロ川の両岸には、何千という人たちが何もない土地に、心もとないトタンのバラックからセメントとレンガのこぎれいなアパートまで、自分の家を建てていた。橋から小さな集落の広がりが見えた。それは、動きのない黒い川を取り囲み、縁取りし、川が湾曲しているところで視界から消えていき、いくつもの廃工場の煙突のそばで見えなくなっていた。何年かまえにも、町に流れ込み、そのあと南へ遠ざかるリアチュエロ川を掃除する話があった。ラプラタ川のその支流は、一世紀のあいだ、あらゆる種類の廃棄物を、とりわけ牛のそれを捨てるのに選ばれた。リアチュエロ川に近づくたび、検事は、町はずれの冷凍工場でごく短期間働いていた父親がしてくれた話を思い出した。肉の残りや骨、田舎から牛がもってきた汚物、糞、べとべとになった草をどうやって川に捨てるかを。「川が赤くなるんだ」と彼は言った。「だれもが怖がる」

そしてまた彼は、リアチュエロ川のあの強烈な腐ったような臭いは、風がちょっとあって町の湿度が変わらないと、何日も空中に漂いかねないが、あれは川の酸素不足が原因なんだ、と彼女に説明した。無酸素、と彼は言った。有機物は液体の中の酸素を消費する、と化学の先生を気取って言った。彼女は、父親には単純でとても面白く思えていた化学式を一度も理解したことがなかったが、町を縁取っているその黒い川が基本的には死んでいる、死にかけている、つまり、その川は息をすることができないということを忘れられなかった。世界一汚染されている川です、と専門家たちは断言していた。おそらく、世界で唯一比較しうる場所である中国には同じレベルの毒性の川があるかもしれない。しかし、中国は世界で最も工業化された国だ。そしてアルゼンチンは、首都を囲むその川を汚染してしまった。美しい散歩道でありえたのに、ほとんど必要もないのに、ほとんど気まぐれに。

その川縁にあの集落、ビジャ・モレーノができ上っていることがマリーナを滅入らせた。ひどく絶望的な人たちだけがそこに、危険な、人為的な悪臭のそばに、住みに来たのだ。

「ここまでです」

タクシーの運転手の声に彼女は驚いた。

「まだ三百メートルあるわ、わたしを乗せて行かなきゃならないところまで」と彼女は応えた。弁護士や警官たちに向かって言うときに使う口調で、冷ややかに、そっけなく。

男は首を横に振り、エンジンを切った。

「ビジャの中に入らせることはできませんよ。ここで降りてください。一人で入るつもりですか?」

運転手は怯えているような、心底怯えているような声で言った。ええ、と彼女は答えた。確かに彼女は、死んだ子供たちの弁護士に同行するよう納得させようとしたが、彼には後回しにはできない約束があった。「いかれてるよ、マリーナ」と彼は言った。「明日、付き合うよ、今日はだめだ」と言った。そして彼女はしゃにむになっていた。結局、何が怖いのか? ビジャには何度も行ったことがあった。真昼間のことだった。多くの人が彼女を知っている。だからだれも彼女に手出しはしないだろう。

タクシー会社の所有者たちにあなたの振る舞いを通報する、と運転手を脅した。司法当局の役人をこんな地域で歩いて行かせるなんて大事になるわよ。彼女はその男を微動だにさせられなかったが、思っていたとおりだった。だれも、必要がない限り、モレーノ橋のビジャには近づかなかった。物騒な場所だった。彼女自身、オフィスや裁判所でいつも着ているテーラード・スーツをやめて、ジーンズ、黒いTシャツにし、ポケットには何も入れないことにした。帰りの交通費と電話代、それと、襲われた場合に金目のものとして渡したり、ビジャ内の彼女の連絡員たちと連絡できるくらいの金を別にして。それにもちろん、使用許可を得ている拳銃、それはTシャツの下に慎重に隠してあるが、背中の銃床と短い銃身の輪郭がわからないほどではなかった。

橋の左の土手を廃ビル横に降りてビジャに入ることができた。そのビルは、おかしなことに、だれも占拠する決心をしなかったし、マッサージやタロット、会計士、ローンを宣伝する古い看板ともども、湿気にむしばまれてだめになりつつあった。だが彼女はまず、橋に上がることにした。警官に殺された子たち、エマヌエルとヤミルが目にした最後の場所を見、触れてみたかった。セメントの階段は汚くて、小便と捨てられた食べ物の臭いがしていて、彼女は走るようにして上がった。マリーナ・ピナッは四十歳だが、鍛え上げられていた。毎朝、ジョギングをしている。裁判所の職員たちは、年の割に、「体形、保ってるわね」と小声で言っていた。彼女はそうしたひそひそ話が大嫌いだった。嬉しくなかった、腹が立った。美しくありたくはない、強く、強靭でありたかった。

男の子たちが投げ込まれた橋の歩道に着いた。淀んだ黒い川を見つめ、そんな高いところから動きのない水に落ちるところを想像できなかったし、彼らの背後を断続的に通ったドライバーたちがなぜ何も見なかったのかもわからなかった。

彼女は橋を降り、廃ビル横の土手からビジャにもどった。ビジャに向かう通りに足を踏み入れたとたん、静けさに戸惑った。ビジャは恐ろしく静かだった。そんな静寂はありえなかった。ビジャは、どんなスラム《ビジャ》も、ここのでさえ、最も理想主義的な——もしくは最もお人よしの——ソーシャルワーカーでもほとんど足を踏み入れようとしない。国に見棄《みす》てられた、そして身を隠さなくてはならない犯罪者たちに好かれているこのビジャ、この危険な、人の寄りつかない場所でさえ、たくさんの楽しい音にあふれている。いつもそうだった。異なる音楽が混じり合っていた。ゆったりとした官能的なクンビア・ビジェラ、カリブのビートとレゲエの甲高いミキシング。いつも流れるロマンチックな、ときには乱暴な歌詞のついたクンビア・サンタフェシーナ。そして、起動するときにうならせるため短くした車のマフラー、やって来たり、買い物をしたり、歩いたり、話したりする人たち。腸詰《ちょうづめ》や牛の心臓の串焼き《アンティクーチョ》、ロースト・チキンを使った、なくてはならない網焼き。ビジャには人が、走る子供たち、野球帽をかぶってビールを飲んでいる若者たち、犬たちがひしめいている。

とはいえ、モレーノ橋のビジャは今はリアチュエロ川の水と同じくらい死んだようになっていた。

マリーナは後ろポケットから電話を取った。そして電線や吊るされた衣類で暗くなった通路から見張られているような気分になった。カーテンはすべて引かれていた、少なくとも川縁のその通りでは。雨が降ったあとだった。彼女は、歩いているとき泥だらけにならないために、水たまりを踏まないようにした。電話をかけているときは一度として、じっとしていられなかった。

フランシスコ神父は電話に出なかった。エマヌエルの母親も。小さな教会までガイドなしで行けると思っていた。道は覚えていた。どの教区教会とも同じように、ビジャへの入口近くにあった。少し歩いているうちに、人気のある聖人の像がまったくないことに驚いた。ガウチート・ヒル、イエマンジャ、いつも供物台がある何人かの修道女たちの像さえ。

ビジャの角にある、黄色く塗られた小さな家もわかった。それが失くなっていないことを知って気分が落ち着いた。だが、その角を曲がろうとしたとき、ぱちゃぱちゃというかすかな足音が聞こえた、だれかが彼女の後ろを走っていた。彼女は振り向いた。奇形の子供たちの一人だった。

すぐにだれかわかった。見分けられないはずがなかった。赤ん坊のころ醜かったその顔は、いっそうひどいものになっていた。鼻は猫の鼻のようにとても広く、目はとても離れて、こめかみに近い。その子は口を開けた。おそらく彼女を呼ぶためだろうが、歯がなかった。

八歳から十歳くらいの体だったが、歯が一本もなかった。

その子は彼女に近づいた、そばに来たとき、彼女にはその他の欠陥が大きくなったことがわかった。指には吸盤があり、イカの尻尾(それとも、足? どう言ったらいいのか、ずっと迷っていた)みたいに細かった。その子は彼女の横で止まらなかった。そのまま、まるで導かれるようにして、教区教会まで歩き続けた。

その教区教会は放置されているようだった。いつも白く塗られた、飾り気のない家だった。それが教会であることを示すものは屋根の上にある金属の十字架だけだった。それはまだそこにあったが、今は黄色く塗られ、だれが作ったのか、遠目にはマーガレットに見えるような、黄色と白い花の輪で飾られていた。だが、教会の壁はもうきれいではなかった。落書きで覆われていた。近づくと、マリーナはそれが文字であることがわかった。だが意味はなく、言葉になっていない。YAINGNGAHYOGSOTHOTHHEELGEBFAITHRODOG。文字の順番がどこも同じであることに気づいたが、彼女にとっては意味のないものであり続けた。奇形の男の子は教会の扉を開けた。マリーナは拳銃を動かして脇腹に落ち着かせ、中に入った。

その建物はもう教会ではなかった。以前から木の長椅子や正式の祭壇はあったためしがなく、椅子とフランシスコ神父がときどきミサを行うテーブルくらいしかなかった。だが今やまったく空っぽだった。壁は外部の文字を繰り返す落書き、YAINGNGAHYOGSOTHOTHHEELGEBFAITHRODOGで汚れていた。十字架は消えていた。イエスの聖心とルハンの聖母の像も同じだった。

祭壇の場所には、ありふれた金属の植木鉢に一本の棒が突き立てられていた。そしてその棒に、牛の頭が突き刺さっていた。その偶像は――そうでしかないのだから、とマリーナは気づいた――新しいものに違いなかった、教会に腐肉の臭いはないのだから。その頭は真新しかった。

「君は来ちゃいけなかったんだ」。司祭の声が聞こえた。彼女の後ろから入って来ていたのだった。彼を見て、何かとんでもないことになっていると確信した。司祭はやつれ、汚かった。ひげはぼうぼうで、髪は濡れているように見えるくらい油染みていた、だがいちばん衝撃的だったのは、彼が酔っていることで、アルコールの臭いが毛穴から出ていた。教会に入ったとき、ひどく汚れた床に瓶のウイスキーをぶちまけたみたいだった。

「君は来ちゃいけなかったんだ」と彼は繰り返した、そして足を滑らせた。そのときマリーナは、扉から牛の頭まで真新しい血の滴が続いていることに気づいた。

「いったいどうなってるの、フランシスコ？」

司祭はなかなか答えなかった。だが、かつては教会であったところの片隅にいた奇形の男の子が言った。

「彼の家では死者が夢を見ながら待っている」

「あんなことしか、この薄のろどもは言わん！」と司祭は叫んだ、そしてマリーナは、床から彼を立たせる手助けをしようとして腕を伸ばしていたが、後ずさりした。「汚らしい、いまいましい薄のろども！　連中の腹ぼての売女《ばいた》を君のところに行かせたんだな。君が来るよう納得させるにはそれで十分だったんだ。君がそんなにばかだとは思ってもみなかったよ」

マリーナは、遠くで鳴る太鼓の音を聞いた。ムルガだ、と思い、ほっとした。二月だった。もちろん。そうだった。人々はカーニバルのミュージカル《ムルガ》をしに行ってしまったのか、それとも、線路の近くにあるサッカー場でもうカーニバルを祝っているのか。

（彼は、線路の向こうにある家々の一つにもぐり込んで、友人たちと暮らしている。それに司祭はどうやって、その妊娠した女の子のことを知ったのか？）

ムルガだった、それは確かだった。ビジャには伝統的なムルガがあり、いつもカーニバルを祝っていた。少し早いが、ありえた。そして牛の頭はビジャの密売人たちのだれかが脅しに使ったプレゼントなのだろう。その連中はフランシスコ司祭を憎んでいた、なぜならいつも彼らを告発していたから、それともヤク中の子供たちを立ち直らせようとしていたから。それは彼らから客と従業員を奪うことを意味していた。

「ここから出なくちゃいけない、フランシスコ」と彼女は言った。

司祭は頬笑んだ。

「したよ、そうしようとしたんだ！　でもだれも出て行けないんだ。君も出て行かない。その子は、水の下で眠っているものを目覚めさせた。聞こえないか？　あの死者崇拝の太鼓の音が聞こえないか？」

「ムルガよ」

「ムルガ？　ムルガに聞こえる？」

「あなたは酔ってる。妊娠してる子のことをどうやって知ったの？」

「あれはムルガなんかじゃない」

司祭は立ち上がり、タバコに火をつけた。

「何年も考えたんだ、この腐った川は僕たちの気質の一部なんだと、わかる？　未来のことは考えるな、まあいい、ごみはみんなここに捨てよう、川が持ってってくれる！　より正確に言えば結果を決して考えるな。無責任な人間どもの国だ。でも、僕は、今は違うふうに見てる、マリーナ。この川を汚染した連中はみんな、とっても責任感が強かった。彼らは何かに蓋《ふた》をしていた。出てこさせたくなかったから、油と泥の層でそれを覆ったんだ！　川を船でいっぱいにさえした！　そこに留まっているようにしたんだ！」

「何の話をしてるの？」

「ばかの振りをするな。君は決してばかじゃなかった。警官たちは川に人々を放り込み始めた。それは連中がばかだからだ。そして放り込まれた人たちの大半は死んだ。でも何人かの人がそれを見つけた。何がここに来るか、知ってるか？　家々の糞尿、排水溝の汚物、全部だ！　何重もの汚物の層がそれを死んだまま、もしくは眠ったままにしてる。どっちでも同じだ。夢と死は同じものだと思う。そしてそれは機能していた、考えられないようなことを人々がし始めるまで。つまり、黒い水の下で泳ぐことを。そして彼らはそれを目覚めさせた。『エマヌエル』というのはどういう意味か、わかる？　『神は我らとともにあり』という意味だよ。僕たちがどの神のことを話してるか、それが問題だ」

「問題は、あなたが何の話をしてるか、ということ。さあ、あなたをここから連れ出すわよ」

司祭が力いっぱい目をこすり始めたので、角膜がつぶれるのではとマリーナは怖くなった。目の見えない、奇形の男の子はすでに振り向いていて、今は背を向け、壁を前にしている。

「僕の監視につけたんだ。連中の子だよ」

マリーナは実際に起きていることを理解しようとした。司祭は、ビジャで彼を憎んでる連中に追い回されて、分別を失くしていた。たぶん家族に棄てられた奇形の子は、他にだれもいないから、どこにでも司祭のあとについていった。ビジャの人たちは、カーニバルの祝賀行事に、自分たちの音楽と焼き網を持って行った。なにもかもが恐ろしかったが、ありえないことではなかった。生きている死んだ子はいなかった、どんな死者崇拝もなかった。

（じゃあ、どうして聖像がなかったのか、それにどうして司祭は、彼女が訊いてもいないのに、エマヌエルのことを話したのか。）

どうでもいい、私たちは出て行く、とマリーナは思った、そして司祭の腕をつかみ、歩けるよう、彼女に寄りかからせた。彼一人で出て行くには、酔いすぎていた。それが間違いだった。気づく暇がなかった。司祭は酔っていたが、拳銃を奪う動きはびっくりするほど速く、正確だった。彼女は抵抗すらできなかったし、奇形の子がぐるりと向きを変えて、黙って悲鳴を上げるのを見ることもできなかった。彼は、口を開いて、声も出さずに悲鳴を上げていた。

司祭は彼女に狙いをつけた。彼女はまわりを見た。心臓は彼女の脇腹を痛めつけ、口はからからだった。逃げられなかった、彼は酔っている、撃ちそこなうかもしれない、だが、そんなに小さな空間ではありえなかった。彼女は訴えかけ始めた。彼は口をはさんだ。

「君を殺したくない。君にお礼を言いたい」

すると彼は狙うのをやめ、拳銃を下ろし、力強い動きでまた上げると、口に突っ込んだ、そして撃った。

その音にマリーナは耳が聞こえなくなった。司祭の脳が今は意味のない文字の一部を覆った。そしてその少年は「彼の家では死者が夢を見ながら待っている」と繰り返していた、「が」の音が発音できず、「死者か」「見なから」と言っていた。マリーナは司祭を助けようとしなかった。その発砲で生き延びる可能性はまったくなかったからだ。手から拳銃を取った。自分の指紋がいたるところについていると考えずにはおられなかった。彼を殺したとして告発されるかもしれない。糞《くそ》ったれの司祭。糞ったれのビジャ。どうしてそこにいた？　何を、だれに証明するためだ？　拳銃が、今は血で汚れている手の中で、震えた。血まみれの手でどうやって家に帰ったらいいのか、彼女はわからなかった。きれいな水を探さなくてはならなかった。

教会を出たとき、自分が泣いていることに、そしてビジャがもう空っぽではないことに気づいた。発砲のあと耳が聞こえないせいで、太鼓は遠くで鳴っているものと思い込んでいたが、間違っていた。ムルガは教区教会の前を通っていた。今や、ムルガではないことがはっきりしていた。宗教行列《プロセシオン》だった。それはムルガの太鼓をひどく騒々しく連打する人たちの行列で、先頭には細い腕に軟体動物の指をした奇形の子供たち、続いて、女たち、その大半は太っており、ほとんど炭水化物だけを主にした食事でひどい体形になっている。男がほんの少しだが、何人かいた。マリーナはその中に知っている警官が何人かいるのがわかった。スアレスを見たと思いさえした。黒い髪にヘアクリームを塗り、制服を着て、自宅監禁から逃げ出した彼を。

彼らの後ろから、ベッドの上に乗って担がれている偶像が来た。見てのとおりだった。マットレスを置いたベッド。マリーナは、それを見分けられなかった。横になっていた。人間の大きさだった。いつだったか、聖週間のプロセシオンで似たものを見たことがあった。白い布の上で、ベッドとも棺とも言えないものの上で、十字架から降りたばかりの、血まみれになっているイエスの彫像。

彼女はプロセシオンに近づいた。彼らの進路の反対方向に走らなくてはならない、とすべてが彼女に告げていた。だが、彼女はベッドに横たわっているものを見たかった。

〈死者が夢を見ながら待っている。〉

静かに進んでいく人々のあいだで、唯一の音は太鼓の音だった。彼女は偶像に近づこうとし、首を伸ばしたが、ベッドはとても高くに、説明のつかないくらい高くにあった。マリーナがごく近くに寄ろうとすると、一人の女が彼女を押した。だれかわかった。エマヌエルの母親だった。彼女を引き留めようとしたが、その女は船のことや暗い川底——そこにその家があった——のことで何かつぶやき、頭突きでマリーナを押しのけたが、ちょうどそのとき、プロセシオンに加わっていた人たちが「わたし、わたし、わたし」と叫び始めた。すると、彼らがベッドに乗せて運んでいたものが少し動いた。それだけのことで、灰色の腕の一つが、まるで重病人の腕のように、ベッドの側面に垂れ下がった。マリーナは腐った手から落ちる、夢で見たあの指のことを思い出した。その瞬間、両手で銃を握って駆け出した。子供のころ以来しなかったが、小声で祈りながら走った。にわか造りの家々のあいだを、迷宮のような通路を走った、土手を、川岸を探しながら、黒い川が波立っているように見えるのを無視しようとしながら。なぜならその川は波立っているはずがなかったから、その川は息をしていないから、川は死んでいる、波は岸辺にキスできない、風で波立つことができない、渦を巻くことも流れることも、増水することもできない、水が淀んでいるなら、どうして増水することができるだろう。マリーナは橋のほうに走った、そして後ろを見なかった、太鼓の音を防ぐために血まみれの手で、耳をふさいだ。

緑　赤　オレンジ

ほぼ二年まえ、彼は、わたしのディスプレイでは、緑か赤かオレンジの点になった。わたしは彼を見ていないし、彼は見させてくれないし、だれにも見させない。少なくともわたしとはたまに話すが、自分のカメラのスイッチを入れないので、まだ髪が長くて鳥みたいに痩《や》せているのかどうかわからない。最後に見たとき、鳥みたいだった。ベッドにうずくまっていて、手がとても大きく、爪は長かった。

寝室のドアを閉めて内側から鍵をかけるまえ、彼が言うには、脳の震えが起きて二週間たっていた。それは抗鬱薬《こううつやく》を中断するとよくある副作用で、頭の中で軽い放電が起きているように感じられる。彼は、肘《ひじ》をぶつけたとき痛くてしびれるけど、あれと同じようなものと説明していた。わたしは、彼がそれを感じてると思ったことがない。彼の暗い部屋に行って、彼がそれやその他の二十の副作用について話すのを聞いたのだけど、まるでハンドブックを暗唱しているみたいだった。わたしは、抗鬱薬を飲んだことのある人を大勢知っていた。でも、だれひとり、頭がショートしたことはなく、太るか、変わった夢を見るか、寝過ぎるかしただけだった。

あなたはいつも特別じゃないといけないのね、とある日の午後、わたしは言った。彼は腕で目をふさいでいた。そしてわたしは、彼に、彼のテレビ劇全部にうんざりしてると思った。その午後、あのときのことも思い出した。ワインを半分飲んだあと、彼のパンツとトランクスを下ろし、ペニスをなめ、撫《な》で、びっくりし、少し腹を立て、手で包み込んで、たまらなくなるようなリズムで動かし始めたが、やがて彼はわたしの頭に手を置いて、「機能しないよ」と言った。赤ワインの瓶をシーツの上に投げつけたあと、怒りまくって部屋を出て、一週間彼に会いに行かなかった。わたしたちはその出来事について決して話さなかったし、わたしは残っている赤い染みを決して見なかった。もう彼に恋していなかった。彼がいわれのないその悲しみを誇張しているということをはっきりさせてやりたいだけだった。でもむだだった。腹を立てることも、嘘《うそ》をついてると言って彼を責めることもむだだったように。

とうとう彼が閉じこもったとき——彼の部屋にはシャワーの付いた専用のバスルームがあった——、母親は、彼が自殺すると思い、そうさせないようにするため、泣きながらわたしに電話をかけてきた。もちろん、そのときは彼女もわたしも、その引きこもりがずっと続くことを知らなかった。わたしは隙間から彼に話し、ドアをたたき、電話をかけた。彼の精神科医も同じことをした。二、三日すればドアを開けて、いつものように家中、はいずり回るとわたしは思った。間違いだった。二年たった今、わたしは毎晩、緑、赤、オレンジを待ってる。そして何日もグレーが続くと、怖くなる。彼はマルコという自分の名前を使わない。イニシャルのMしか使わない。

悲しい人たちは思いやりがない。マルコは母親の家で暮らしていて、母親が彼に四食作り、トレーに載せ、閉まったドアの前に置く。そんなことを始めたのは、彼がテキスト・メッセージで指示したからだった。僕を待つな僕を見ようとするな、とも指示した。彼女は気にしなかった。彼女は何時間も待ったが、彼の意志はとてつもなく固かった。マルコは空腹に耐えることができる。彼の母親は、何日ものあいだ食べないままにさせておこうとした。精神科医の助言で、インターネットを切ろうともした。マルコは隣の家のＷｉ－Ｆｉにただ乗りすることができ、やがて母親はかわいそうに思って接続を元に戻した。彼は感謝しないし、求めもしない。彼の母親はときどき家に招いてくれるが、わたしはたいてい応じない。彼が自分の部屋からわたしたちの話を聞いてると思うと堪らないからだ。わたしたちはわたしの家の近くのカフェに出かける。話はどれもいっしょ。彼が治療を拒んだら、どうしたらいいか、追い出すことはできない、息子だから、マルコに何かがあったわけじゃないが、気がとがめる、彼女も夫も彼をいじめなかった、彼は性的虐待を受けなかった、海での休暇の写真、世界一優しい子、バットマンに扮装し、人気キャラのカードを集めてアルバムに入れてたし、サッカーが好きだった。わたしはいつも、マルコは病気です、だれのせいでもないんです、脳なんです、化学的なものです、遺伝です、と言う。癌《がん》だったら、と彼女に言う、あなたの責任だとは思わないでしょ。彼が鬱なのはあなたのせいじゃないんです。

あなたとは話をするの、と彼女は訊く。わたしは本当のことを言う。ええ、というか、チャットしてます——なぜなら、彼はしだいに話をしなくなり、ネットの中に消えつつあるし、マルコはまたたく文字であり、ときどき答えを待たずに見えなくなるからだった——、でも、どうなってるのか、何を感じてるのか、何が欲しいのか、そんなことはぜんぜん話してくれません。そしてこれが、閉じこもるまえと恐ろしく違ってることだ。まえは、自分の治療のこと、薬のこと、集中力の問題のこと、読んだことを思い出せないから勉強をやめたときのこと、自分の偏頭痛のこと、空腹にならないことを、取り憑かれたように話していた。今は話したいことを話している。たいていは、ディープ・ウェブや赤い部屋、日本の幽霊のこと。でもわたしは、そんなことは彼の母親に言わない。彼はオンラインで見たり読んだりする映画や本のことを話してる、と嘘をつく。ああ、と彼女はため息をつく、わたしはインターネットを切れないんだね、それじゃあ、あの子を生につないでるのはそれだけなんだ。

彼女はそんなようなことを言う。生につなぐ、前に進む、強くならなくちゃいけない。ばかな女性だ。わたしがマルコを引きこもりから引っ張り出せるとなぜ思うの、とわたしはいつも訊く。ドアをノックして、頼んでくれ、と彼女はいつも言う。ときどきそうすると、彼は、夜、わたしをチャットで見つけて、書いてくる。「ばかはよせ、彼女を気にするな」。わたしが彼を引っ張り出せるとどうして思うの、と訊くと、彼女はコーヒーが台なしになるまでミルクを入れて、熱いクリームに変えてしまう。あの子がうれしそうにしてるのを見たのは、あなたたち二人が一緒にいたときだったの、と彼女は言って、うつむく。彼女の使っているヘアカラーは品質が悪く、いつも髪の先は明るすぎ、根元は白いまま。彼女の思っていることは正しくない。マルコとわたしは沈黙と無力感の中で暮らしていた。わたしが、どうしたの、と訊くと、彼は、別に、と答えるか、ベッドに坐って、僕は魂のない抜け殻だ、と大声を上げる。最後には泣くか酔っ払うかする、そうした癇癪《かんしゃく》のことをわたしはテレビ劇と言っていた。たぶん彼は母親に、僕たちは幸せだよ、と言っていたのだろう。たぶん彼女はあっさり信じることにしたのだろう。たぶん彼は、自分が望む限り、自分の悲しみが永久にわたしの道連れになるよう決めたのだろう。なぜなら悲しい人たちは思いやりがないから。

今日、わたしはあなたみたいな人たちのことを読んだ、と、ある日の明け方、彼に書いた。あなたは、ヒキコモリなの。どんな人たちかわかるでしょ？　自分の部屋に閉じこもっていて、家族に支えられてる日本人たち。他に精神的な問題はなくて、大学のプレッシャー、社会生活を営むことやなんかに耐えられないだけ。親は彼らを決して追い出さない。日本での流行病。他の国にはほとんどない。ときどき彼らは出てくる。特に、夜、ひとりで。たとえば、食べ物を探しに。母親に料理させない、あなたみたいには。

僕はときどき外に出る、と彼は応えた。

返信するまえ、わたしはためらった。

いつ？

母が働きに出かけたとき。それか明け方、彼女には聞こえない、薬で眠ってるから。信じられないわ。

日本人たちのいちばんいいとこは何か、知ってる？　幽霊を分類してることだ。

何時に出てくるか、教えて、そしたら会えるわ。

子供の幽霊はザシキワラシと言い、悪いやつじゃないと思われてる。悪いのは女の幽霊だ。たとえば、真っ二つに切られた女の子として現れる幽霊がたくさんいる。床をはいずるんだ、上半身だけなんだ。彼女たちを見た者は殺される。それとも、彼女たちが見えたら、かな？　母親の幽霊みたいなのがいる、ウブメと言って、出産で死んだ女性。子供たちをさらったり、子供たちに飴《あめ》を持ってきたりする。海で死んだ人たちの幽霊も区別している。

何時に出てくるか、教えて、そしたら会えるわ。

僕が外に出るっていうのは、嘘だ。

彼は電源を落としてなかったけど、わたしは乱暴にチャット・ウィンドウを閉じた。彼は緑のままだった。彼の母親が仕事をしている六時間のあいだ、彼が出てくるかどうかを知るために、彼の家の前で立っているつもりはない。わたしは誓った、そして約束を守った。

九〇年代のインターネットは、わたしのコンピュータから家の中を横切って電話の差込口まで伸びる白いケーブルだった。ネット友だちがリアルに感じられ、接続や電気が切れて、彼らが見つけられなくなるたび、焦った。サンボリスムやグラム・ロック、デヴィッド・ボウイ、イギー・ポップ、マニック・ストリート・プリーチャーズ、イギリスのオカルト信奉者、ラテンアメリカの独裁者たちについて話せないからだ。女友だちの一人が閉じこもっていたことを覚えてる。スウェーデン人で、彼女の英語は完璧だった――わたしにはアルゼンチン人のネット友だちはほとんどいなかった。社会恐怖なの、とそのスウェーデン人は言っていた。名前は覚えていない。彼女のメールを復元することはできない、古いパソコンの中にはまっているから。スウェーデンからVHSのドキュメンタリーやヨーロッパ以外では手に入らないCDを送ってくれた。そのときわたしは、たぶん外に出られないのなら、どうやって郵便局まで行くのだろう、と思いはしなかった。たぶん彼女は嘘をついていた。それでも小包はスウェーデンから来ていた。彼女は自分の居場所について嘘をついてなかった。切手はとってある。ビデオテープはもう黴《かび》だらけになったし、CDは役立たずになったし、彼女は永久に姿を消して、ネットの幽霊になった。名前を覚えていないので、探すことができない。他の名前は覚えている。たとえば、ポートランドのライアス。デカダンティスムとスーパーヒーローのファンだった。わたしたちのあいだにはロマンスみたいなものがあって、彼女はアン・セクストンの詩集を送ってくれた。イギリスのヘザー、彼女はまだいて、ジョニー・サンダースを教えてくれていつまでも感謝するわ、と言う。キーパー、彼女は少年たちに恋していた。もう一人、美しい詩を書いていた女の子のことも覚えていない、ひどい詩は別にして。たとえば、「マイ・ブルー・サムワン」。わたしの悲しいだれか《ミ・トリステ・アルギエン》。マルコは、君のために復元しよう、と言ってくれた。失くした友だちをみんな。引きこもりが自分をハッカーにした、と言う。わたしはむしろ彼女たちを忘れたい。言葉でしか知らない人たちを忘れるというのはおかしなことだけど。存在したときには現実にいる人たちよりも強烈だったけど、今は見知らぬ人たちよりずっと遠い。それに彼女たちが少し怖い。フェイスブックでライアスを見つけた。わたしの友達リクエストを受け入れてくれ、わたしはとてもうれしくて挨拶《あいさつ》を書いた。でも彼女は応えなかった。そしてわたしたちは二度と話していない。わたしを覚えていないのか、まるでわたしとは夢の中で知り合ったかのように、何となくほんの少し覚えているかだと思う。

マルコは、ディープ・ウェブのことを話すとき以外は、怖くない。知る必要があるんだ、と彼は言う。彼は、こんなふうに話す。僕にはそれが必要なんだ。ディープ・ウェブは、検索エンジンではインデックスがつけられないサイトだ。僕たちみんなが使ってる表面的なウェブよりもずっと大きなもの。五千倍大きい。わたしは理解できないし、どうやってそこに入るかという彼の説明は退屈。でも彼は、そんなに難しくない、と断言する。何があるの、とわたしは訊く。ドラッグや武器、セックスを売ってる、と彼は答える。大半のものには関心ないが、と彼は言う、いくつか見たいものがある。赤い部屋。「赤い部屋《レッド・ルーム》」というチャット・ルームのことだ。見るのに金を払う。拷問された女の子のことを話してる。痩せた黒人がその子の乳房を蹴りつぶす。そのあと、彼女が死ぬまでみんなでレイプする。その拷問のビデオが、それに彼女の悲鳴の音声アーカイブも売られているが、とても人間のものとは思えず、いつまでも耳に残る。それにRRCを知りたい。何、それ、とわたしは訊く。リアル・レイプ・コミュニティ。ルールはないんだ。そこでは子供たちを飢え死にさせる。むりやり動物とセックスさせる。首を絞めて、もちろんレイプする。ウェブでいちばん凶悪なサイトだ。あるいは、サイトだった。今は死体とセックスするサイトが現れてる。

子供とセックスするのは死体とするのよりずっと悪い、と彼に書く。

もちろん、とマルコは答える。

どこで子供たちの死体を手に入れるの?

どこででも。僕にはわからないんだが、その子供たちは世話されていた、愛されていたと、どうして君たちは思わないんだろう。

あなた、小さいころ、何かされたの?

一度も。君はいつも同じことを訊く、いつも説明を求めてる。

そのディープ・ウェブのことは全部嘘に思える。あなた、だれに向かって、君たち、って言ってるの。

嘘じゃない。お堅い新聞に記事が出ている。探してごらん。特に、殺し屋と契約したり、ドラッグを買ったりするサイトのことを書いてるから。君たち、というのは、君のような人たちのこと。

中高等学校の二年生のとき、わたしはヘンナで髪を黒く染めた。間に合わせの、ほとんどダメージを与えないはずのその染料のせいで、まるで化学療法を受けてるみたいに、髪の毛が抜け、頭皮がまだらになった。学校ではだれも何も言わなかった。女の子たちが少しおかしくなることに慣れていた。その年頃の女の子のすることだから。わたしは良い生徒でなかったけど、歴史の先生はとても親切にしてくれた。ある日の午後、帰りかけていると、娘に会いたくないか、とわたしに訊いた。彼女が体を震わせ、タバコを喫っていたのを覚えている。今では、女の先生が女生徒の前でタバコを喫えば、それは恥ずべきことになるが、二十年前は人目をひくようなことではなかった。わたしが返事をしないうちに、彼女は黒い表紙のバインダーを取り出し、わたしに見せた。中はリング綴じの紙で、その一枚一枚に絵とメモが書かれていた。絵は、黒い服を着た黒い髪の女性の絵で、秋の木の葉の上や墓に坐っていたり、森に入っていくところだったりした。背の高い、美しい魔女で、鉛筆で描かれていた。新婦か廃れた初聖体拝領みたいにベールをかぶり、手に蜘蛛《くも》を持っている女の子の絵もあった。書かれていることは日記の中身か詩だった。一行を覚えている、「わたしの歯茎を薄切りにしてほしい」と書いてあった。

「娘のバインダーなの」と彼女は言った。「家から出ないの。友だちになれると思うわ」

その子はとってもうまく絵を描くとそのとき思ったのを覚えてる。それに、こんなふうに描く子はわたしなんかにぜんぜん興味をもたないだろうってことも。わたしは先生に答えなかった、どう言っていいのかわからなかった、両親が待ってる、とつぶやいた。本当のことじゃなかった。ひとりで家まで歩いた。でも、家に着いたとき、母に話した。彼女も何も言わなかった。でも、あとで電話で話した。自分の部屋に閉じこもって電話をかけた。

先生は二度と授業をしなかった。母は校長と話をしたのだった。先生には子供がいなかった、魔女を描く娘は、生きてるにしろ死んでるにしろ、いなかった。彼女は嘘をついた、それを何年かあとでわたしは知った。当時、母は、先生は病気の娘さんを看病するために休暇をとったの、と説明してくれた、先生は幽霊の娘の存在を主張した。校長もそうした。わたしは、何年も閉じこもっている女の子のことを信じ、孤独な大人の手で描かれたあの森や墓、黒い服の絵を再現しようとした。

その先生の名前を覚えていない。マルコならハッカーの能力でつきとめられることはわかってるけど、むしろその悲しんでる女性のことは忘れたい。ある日の午後、授業が終わったあと、なぜかわからないけど、わたしを家に連れて行こうとした人のことは。


マルコは緑でいるのがだんだん減っている。オレンジ、つまり、アイドル状態のほうを好んでいる。点《つ》いてはいるけど、遠くにいる。グレーに最も近づいてる状態。グレーは沈黙と死。だんだんわたしに書くことが減ってきている。彼の母親はそれを知らない。より正確に言えば、わたしが嘘をつき、いつものように話し合ってます、と彼女に言っている。わたしのメッセージはたまっている。ときどき、彼が返事をくれたことが、朝、わかる。

ある夜、もう一度緑になると、彼が先に話す。僕だと、どうやってわかる、と彼は言う。彼にはわたしが見えない。わたしは恥ずかしげもなく、泣くことができる。今は、プログラムがあるんだ、と彼は書く、死人を再生するのが。ネットに散在している一人の人物の全情報を入手し、そのスクリプトに従って動く。パーソナライズド広告を送るときと、そんなに違わない。

あなたが機械なら、わたしにそんなことは言わないでしょうね。

ああ、と彼は書く。でも僕が機械だとしたら、君はどうやって気づく？

気づかない、と答える。そんなロボットはまだない、何かの映画から思いついたのね。

美しい思いつきだ、と彼は書く。

わたしは同意し、待つ。彼は言うべきことがもう何もない、赤い部屋や執念深い幽霊について何一つ。彼がわたしと話すことを永久にやめたとき、わたしは彼の母親に嘘をつくことになる。彼女のために素晴らしい会話をでっち上げ、彼女に希望を与えさえする。ゆうべ、外に出たいと彼は言ったんです、とコーヒーを飲んでいるとき、彼女に言うことになる。彼女が薬で寝ているあいだに逃げ出す決心をしてほしい。廊下に食べ物がたまらないでほしい。ドアを壊さなくてもいいようにしてほしい。

わたしたちが火の中で失くしたもの

最初は地下鉄の女の子だった。そのことに異を唱える、あるいは少なくとも、彼女には一人で焚火《たきび》を広める影響力、能力、実力、そんな力はない、と言う人たちがいた。それはそのとおりだった。地下鉄の女の子は、町の地下鉄の六つの路線で自分の話をしていただけで、だれも一緒ではなかったのだから。だが、忘れられない人物になった。彼女の顔と腕は、広くて深い、完全な火傷《やけど》でまったく形が変わっていた。元気になるのにどれくらいかかったか、長い感染症の日々や病院、苦痛について、彼女は説明したが、その口に唇はなく、鼻はひどくいいかげんに再建されていた。目は片方しか残っていず、もう一つの目は皮膚のくぼみで、顔全体、頭、首は、蜘蛛《くも》の巣が張りめぐらされたような栗色の仮面だった。首筋には長い髪の房が残っていたが、それが仮面の印象を強めていた。それは頭で唯一、火が届かなかった部分だった。手にも届いていなかったが、その手は浅黒く、施しにもらう金を触ることで、いつも少し汚れていた。

彼女のやり方は大胆だった。車両に乗り込むと、乗客が多くなければ、大半が坐っていれば、頬《ほお》にキスして挨拶《あいさつ》をする。何人かが嫌になって顔を遠ざける、押し殺したような叫び声を上げることさえある。何人かがキスを受けて、いい気になる。何人かが嫌悪感で鳥肌を立てる。そして、それに気づくと、彼女は、夏、肌がむき出しになっているときには、逆立った和毛《にこげ》を垢《あか》だらけの指で撫《な》で、切り傷のような口で頬笑みかける。彼女が乗り込むのを見て、車両から降りる人たちさえいた。もう彼女のやり方を心得ていて、そのぞっとしない顔でキスしてもらいたくなかったのだ。

それに、地下鉄の女の子は、スキニージーンズにシースルーのブラウスを着て、暑いときには、ハイヒールのサンダルを履いてさえいた。いくつもブレスレットをし、首からチェーンのネックレスを垂らしていた。からだが肉感的であることが、なぜかわからないが、攻撃的なものになっていた。

金をねだるとき、彼女は、それをとてもはっきりさせていた。形成外科のために集めていない、そんなものに意味はない、絶対、元の顔にはならない。彼女にはそれがわかっていた。出費を、家賃や食費をまかなうためにねだっているだけだった――そんな顔ではだれも仕事をくれなかったし、顔を見せなくてもいい職でさえそうだった。そしていつも、病院での日々を話し終わると、彼女を燃やした男の名を言った。それは夫のファン・マルティン・ポッシ。結婚して三年だった。子供はいない。彼女に裏切られていると思っていた。それももっともなことで、彼を棄《す》てようとしていた。そんなことにならないよう、彼女をめちゃくちゃにした。そうすれば他のだれかのものにならなくなる。ポッシは、彼女が寝ているとき、その顔にアルコールをかけ、ライターを近づけた。彼女が話せないとき、病院にいて、だれもが死ぬと思っていたとき、ポッシは、彼女が自分で自分を燃やした、喧嘩《けんか》の最中、アルコールを自分にかけ、まだ濡れているのに煙草を喫おうとした、と言った。

「そしてみんな彼の言うことを信じた」。地下鉄の女の子は、唇のない口、爬虫類《はちゅうるい》のような口で頬笑んだ。「あたしのパパだって信じた」

病院で口がきけるようになるとすぐ、彼女は本当のことを話した。今、彼は刑務所にいる。

彼女が車両から出て行くと、だれもその火傷した女の子のことを口にしなかったが、その場に残る沈黙が、レールの揺れに破られて、ああ、気持ち悪い、ほんと、ぞっとする、忘れられやしない、あんなでどうやって生きていけるんだろ、と言っていた。

もしかすると、すべてのきっかけとなったのは、あの地下鉄の女の子ではなかったのかもしれないけど、わたしの家族にはそんなふうに考えさせることになった、とシルビーナは思っていた。ある日曜の午後、母親と映画から帰るときのことだった――めったにない外出で、一緒に外出したことはほとんどなかった。地下鉄の女の子はキスをし、車両で身の上話をした。話し終わると、礼を言って次の駅で降りた。彼女が去ったあと、居心地の悪い、恥じ入るようないつもの沈黙とはならなかった。せいぜい二十歳《はたち》くらいの男の子が、口がうまいなあ、やなやつ、何が不足で、と言い始め、冗談さえ言った。シルビーナは思い出した。彼女の母は――背が高く、グレーのショートヘア、権威と権力のある人のような顔つき――、車両がいつものように揺れていたのに、ほとんどふらつきもせずに通路を進んで、その男の子のところまで行くと、鼻に一発パンチを見舞った。プロのような決定的な一撃で、鼻から血を流させ、大声を上げさせた。このくそ婆、どうしたってんだ。しかし彼女の母は応えなかった。泣いてるその男の子にも、彼女をののしろうか加勢しようか迷っている乗客たちにも。シルビーナは思い出した。母の素早い視線、その目の無言の命令、そしてドアが開くやいなや二人は飛び出し、階段を駆け上り続けたことを。シルビーナは体調がよくなく、走ることで咳が出て、すぐに疲れてしまったが、彼女の母はもう六十を超えていた。だれも追いかけてこなかった。しかし、通りに、コリエンテス通りとプエイレドン通りの交差点の、にぎやかな角に出るまで、追われていないことを知らなかった。警備員を、あるいは警察さえも避け、まくために人ごみに紛れた。二百メートル進んだとき、安全であることに気づいた。シルビーナは、ほっとしたような、楽しそうな母の高笑いを忘れられなかった。長年、母がそんなにうれしそうにしているのを見たことがなかった。

しかし、焚火が始まるようになるには、ルシーラが、そして彼女が引き起こした流行が必要だった。ルシーラはモデルで、とても美しく、とりわけ魅惑的だった。テレビのインタビューでは、ぼんやりし、あどけなく見えたが、気の利いた大胆な受け答えをし、それで有名にもなった。中途半端に有名。すっかり有名になったのは、マリオ・ポンテと付き合っていることを発表したときだった。彼は、二部リーグのクラブ、ウニードス・デ・コルドバの背番号7で、そのクラブは堂々と一部に昇格し、二度のリーグ戦のあいだ、上位にいたことがあったが、それは偉大なチームのおかげ、とりわけ並外れた選手であるマリオのおかげだった。彼は、純粋な忠誠心からヨーロッパのクラブのオファーをはねつけた――三十二歳という年齢、そしてヨーロッパの選手権の競争レベルを考えたら、マリオは大西洋の向こう側での失敗よりも地元のレジェンドになるほうがいい、と言う解説者が何人かいた――。ルシーラは恋しているようだった。そしてそのカップルはメディアによく取り上げられたものの、だれもそれほど注目していなかった。申し分のない、幸せなカップルだったが、ただドラマが欠けていた。彼女はより好ましいコマーシャル契約を結び、ファッションショーはすべて打ち切った。彼は高級車を買った。

ドラマはある日の明け方、起きた。ルシーラが、マリオ・ポンテとシェアしているマンションからストレッチャーで運び出された。からだの七十パーセントが火傷を負い、助からないだろう、と噂《うわさ》された。彼女は一週間生き延びた。

シルビーナは、ニュース番組の報道を、オフィスでの雑談を、ぼんやり思い出した。マリオは喧嘩の最中にルシーラを燃やした。地下鉄の女の子と同じで、ベッドにいる彼女のからだにアルコールをまるまるひと瓶かけ、そのあと、火をつけたマッチを彼女の裸体に放り投げた。数分、燃えるままにしてから、ベッドカバーで彼女を覆った。そのあと救急車を呼んだ。地下鉄の女の子の夫と同じように、彼女が自分でやった、と言った。

だから、女たちが本当に自分を燃やしはじめたとき、だれも女たちの話を信じなかった、と、シルビーナは、バスを待っているとき考えた――母を訪ねるときは、だれにも跡をつけられないよう、自分の車を使わなかった――。女たちは自分の男たちをかばっている、まだ男たちを怖がっている、ショックを受けていて、本当のことが言えない、と人々は思っていた。焚火を理解することはひどく難しかった。

今では週に一度、焚火があるが、まだだれも何を言ったらいいのか、どうやって引き留めたらいいのかわからなかった。取り締まり、警察、監視といった、いつものやり方以外で。そうしたものは役に立たなかった。あるとき拒食症の友人がシルビーナに言ったことがある。食べることを強制できないわ。いいえ、できるのよ、とシルビーナは応えた。カテーテルを通して、生理食塩水を入れる。そうね、でも、ずっと見張ってることはできない。カテーテルを切るの。食塩水を切り離すの。だれも日に二十四時間監視はできない。人は寝るのよ。本当だった。その学校のクラスメートは結局、死んでしまった。シルビーナは、膝にリュックサックを置いて、坐った。立ちっぱなしで移動しなくていいのがうれしかった。だれかにリュックサックを開けられ、中に入れているものを見られはしないかと、いつも心配していた。

焚火が始まるには、多くの女性が燃やされる必要があった。伝染ですね、と女性に対する暴力の専門家たちは、新聞や雑誌で、ラジオやテレビで、そして、話すことのできるところではどこでもそう説明した。報告するのがひどく複雑なことなんです、と彼らは言った。なぜなら女性殺害に対して警告しなくてはならないのですが、その一方、その報告が若者たちのあいだの自殺が引き起こすような連鎖反応をもたらしかねないからです。国中で、男たちは自分の恋人や妻、愛人を燃やしていた。たいていの場合、ポンテ（おまけに彼は多くの男たちのヒーローだった）のようにアルコールで、しかし、酸が使われたこともあるし、特に恐ろしいケースでは、労働者の抗議デモがある幹線道路の真ん中で燃えているタイヤの上に女性が放り投げられた。しかし、最初の焚火のまえ、最後に殺されることになったロレーナ・ペレスとその娘の一件が起きたとき、シルビーナと彼女の母は、おたがい相談することもなく、別々に、駆けつけた。ロレーナの夫は、自殺するまえに、アルコール瓶というすでに古典的な方法で妻と娘に火をつけた。シルビーナとその母は、彼女たちと面識はなかったが、病院に行って、二人に面会しようとした。少なくとも、玄関先で抗議しようとした。そこでばったり出くわしたのだった。そしてそこには地下鉄の女の子もいた。

しかし彼女はもはや一人ではなかった。さまざまな年齢の、だれ一人燃やされていない女性のグループが付き添っていた。カメラマンたちが来たとき、地下鉄の女の子とその仲間は、ライトに近づいた。彼女は自分の話をし、その他の女性たちはうなずいたり、拍手をしたりしていた。地下鉄の女の子はびっくりさせるような、容赦のないことを言った。

「男は、このままだったら、慣れなくちゃいけなくなる。女の大半は、死ななかったら、あたしみたいになる。いいんじゃない？　一つの新しい美で」

カメラマンたちが引き上げたとき、シルビーナの母は地下鉄の女の子とその仲間たちに近づいた。六十を超える女性が何人かいた。彼女たちが通りで夜を過ごす、歩道で野宿する、そして「もうたくさん、燃やされるのはもうたくさん」と要求する立て看板を描くつもりになっているのを知って、シルビーナは驚いた。彼女もそこに残り、そして、一睡もせずに、翌朝仕事に出かけた。同僚たちはロレーナと娘が燃やされたことを知ってさえいなかった。慣れてきてるんだ、とシルビーナは思った。小さな娘のことはちょっぴり彼らの胸を打つ、でもそれだけ、ちょっぴり。午後はずっと母にメールを送りつづけたが、一度も返事が来なかった。母はテキスト・メッセージがひどく苦手だった。だから彼女は心配しなかった。夜、家に電話したが、やはり連絡が取れなかった。まだ病院の玄関先にいるのだろうか？　彼女は探しに出かけたが、女たちはキャンプを引き払っていた。散らばったマーカーが数本、そして風に巻き上げられるビスケットの空袋しかなかった。嵐が来ていた。シルビーナはできるだけ早く家にもどった。窓を開けっ放しにしていたからだ。

女の子とその母親は、夜のあいだに死んだ。

シルビーナは、国道3号線近くの野原で彼女にとって初めての焚火に立ち会った。安全対策はまだひどく初歩的だった。当局のものも、また、「燃える女たち」のものも。まだなかなか信じられるようなことではなかった。そう、パタゴニアの砂漠で、自分の車の中で自分に火を放った女性の一件は、ひどく奇妙だった。初動捜査では、その女性が車にガソリンをまき、ハンドルを前にして坐り、彼女自身がライターの火をつけたことがわかった。彼女の他にはだれもいなかった。他の車の跡はなく──その砂漠では跡を隠すことができなかった──、だれも歩いて帰れそうになかった。自殺、と言われた。どうにも妙な自殺、かわいそうにその女は、燃やされた女たちみんなに感化されていたんだ、どうしてアルゼンチンでそんなことが起きるのか理解できない、そんなことはアラブの国々やインドの話だ。

「そいつら、くそったれよ、シルビニータ、坐って」とマリア・エレーナは言った。彼女は、シルビーナの母の友人で、火傷をした女たちのための非合法な病院を運営していた。そこは町から遠くにあり、牛や大豆に囲まれた、彼女の家族が所有する古い農場の母屋にあった。「この女の子が、わたしたちに連絡しないで、どうしてそんなことをしたのか、わたしにはわからない。でも、そう、たぶん死にたかったんだ。それは彼女の権利。でも、あのくそったれどもが、燃えるのはアラブ人、インド人の話だと言うのは……」

マリア・エレーナは手をぬぐい——パイを作るために桃をむいていた——、シルビーナの目を見た。

「燃やすのは男たちがするんだよ。いつもわたしたちを燃やした。今は、わたしたちは自分を燃やしてる。でも死ぬつもりはない、わたしたちの傷口を見せびらかしてやるの」

パイは、「燃える女たち」の一人を祝うためのもので、その女性は燃えた女としての最初の年を生き抜いていた。焚火に行った女たちの何人かは普通の病院で療養するほうを選んだが、多くはマリア・エレーナのところのような非合法の施設を選んだ。他にもそんなところがあったが、いくつあるのかシルビーナにははっきりわかっていなかった。

「問題は、わたしたちを信じないってこと。したいから、自分で自分を燃やすんだと言うと、信じてくれない。もちろん、ここに入ってる女の子たちに話をさせることはできない。わたしたちが捕まりかねないから」

「儀式を撮影することができるわ」とシルビーナは言った。

「それはもう考えたけど、女の子たちのプライバシーを侵害しかねないのよ」

「わかった、でも、見てもらいたがってる女の子がいたら？　そしたら、その子に、顔を隠したければ、マスクや覆面なんかをして、焚火に向かうよう頼めるわ」

「場所がどこか、見破られたら？」

「ああ、マリア、パンパはどこも同じ。儀式を田舎でやったら、それがどこかなんてわかりっこない」

そうして、ほとんど考えもせずに、シルビーナは、自分の「焼身」を広めたい女の子がいたら、その撮影を引き受けることにした。その申し出からひと月もしないうちに、マリア・エレーナから連絡があった。彼女だけが、その儀式で、電子機器を持つことを認められた。シルビーナは車でやって来た。そのときは、まだ、車を使うのはかなり安全だった。3号線はがらがら、トラックが何台か通るくらいで、音楽を聴いて、考えないようにすることができた。母のこと。ブエノスアイレス市南部の広大な家にある、別の非合法病院の長である彼女の母は、彼女以上に、いつもものに動じず大胆で、そのオフィスで働きつづけていたが、女たちの仲間になる気はなかった。父のこと。彼女の父は彼女が小さいころ死んだが、善良で、少し不器用な男だった（「あなたの父さんのせいでわたしがこんなことをしているなんて思わないでね」と彼女の母は、あるとき、休憩のあいだに、家でもある病院の中庭で、シルビーナが持ってきた抗生物質を調べながら言った。「あなたのお父さんは魅力的な人だった、わたしを決して苦しめなかった」）。まえの恋人のこと。母が確実に急進的になってきているのがわかったとたん、彼女は彼を棄てた。なぜなら、彼は彼女たちを危険な目にあわせかねないとわかっていたからだ。そして、自分のこと。彼女自身が女たちを裏切り、その狂気を内側から霧散させなくてはならないのかどうか。生きたまま燃えることはいつから権利になったのだろう？　どうしてそうした女たちを尊敬しなくてはならないのか？

儀式は夕方だった。シルビーナは写真用カメラのビデオ機能を使った。電話は禁止されていた。彼女はもっといいカメラを持っていなかったし、足がつくかもしれないので、買いたくもなかった。すべてを撮った。野原の木々の大きな枯れ枝を使って薪《たきぎ》の山を準備している女たち、新聞やガソリンに勢いをえて一メートルを超える高さにまでなる火。彼女たちは田舎にいた――木立と家が幹線道路から儀式を隠していた。右側の、もう一本の道はひどく遠くにあった。隣人も農夫たちもいなかった。そんな時間にはもういない。陽が落ちると、選ばれた女性は火のほうに歩いた。ゆっくり。あの女の子は、泣いてるから、気を変える、とシルビーナは思った。その儀式のために彼女は歌を選んでいたが、それを他の女たち――十人くらい、ごくわずか――が歌っていた。「あなたのからだは、火に向かう／すぐに焼きつくす、触れずになめつくす」。だが気は変わらなかった。その女の子は、まるでプールに入るみたいに、火の中に入った。潜るつもりで、飛び込んだ。自分の意志でそうしたのは明らかだった。縁起にとらわれた、もしくはそそのかされての意志かもしれないが、自分の意志。彼女は二十秒くらいは燃えた。その時間が経過すると、アスベストの耐熱服を着た女が二人、彼女を火から連れだし、駆け足で非合法病院に運んだ。シルビーナはその建物が見えるまえに撮影を止めた。
その夜、ビデオはインターネットにアップロードされた。翌日には、何百万もの人が見ていた。

シルビーナはバスに乗った。彼女の母は、もう南部の非合法病院の長ではなかった。ある女性の両親が激怒し――彼女には子供がいるんだ、子供がいるのよ！ と大声で叫んでいた――、彼らに、かつては養老院だった、築百年になるあの石造りの家の秘密が知られたとき、引っ越さなくてはならなかった。彼女の母は、家宅捜索を逃れることができ――隣家の女性のおかげだが、彼女は「燃える女たち」の協力者で、行動的であるものの、シルビーナと同じように、距離をおいていた――、ベルグラーノの非合法病院に配置転換され、看護師となった。あちこち家宅捜索があってから丸一年たち、都会は遠くの人里離れた場所より安全と思われていた。マリア・エレーナの病院もつぶれた。田舎では牧草地や薬を燃やすのはごく当り前で、いつも焼けた牧草や地面が見られたので、農場が焚火の舞台だったことは決して明るみに出なかったのだが。判事たちは実に簡単に捜索令状を交付した。そして抗議にもかかわらず、家族のない、あるいはただ通りを一人で歩いている女たちは嫌疑をかけられた。警察は、その気になれば、いつでも、どこでもバッグやリュックサック、車のトランクを開けさせた。嫌がらせはいっそうひどくなっていた。

五か月に一度の焚火が――普通の病院へ駆けつける女性の数で記録されていた――週に一度という現状になった。

そしてあのクラスメートがシルビーナに言ったとおり、女たちは、実に巧みに監視から逃れていた。田舎はあいかわらず広大で、人工衛星を使っても絶えず調べることはできなかった。それに、どんな人間でも買収できるもの。何トンものドラッグが国に持ち込めるなら、ガソリン・タンクをやたら積んだ車を通過させないなんてことがあるのだろうか？　必要なのはそれだけだった。焚火のための枝はそこに、どこにでもあったのだから。そして願望は女たちが自分で運んでいた。

止まりません、と地下鉄の女の子はテレビのインタビュー番組で言ったことがあった。良い面を見てください、と言い、爬虫類の口で笑った。少なくとも、もう女性の売買はありません。だれも火傷した怪物なんか望まないし、ある日、出かけていって、自分に火をつけるような――そして、客にも火をつけかねない――、そんないかれたアルゼンチン女たちを望みもしません。


シルビーナは、「燃える女たち」の協力者たちが働いている町の病院を回って抗生物質を手に入れていたが、ある夜、その薬を依頼した彼女の母からの電話を待っているとき、元の恋人と話がしたくなった。口にはウイスキーが、そして鼻には煙草の煙と火傷に使われる滅菌ガーゼの臭いがあふれていた。そのガーゼの臭いは、焼けた人間の肉のとても説明しがたい臭いと同じように、決して消えそうになかった。とりわけ、何よりガソリンの臭いがするからだ。その陰には、もっと何かが、忘れられない、妙に暖かいものがあるとはいえ。だが、シルビーナは思いとどまった。彼が通りで他の女の子といるのを見たことがあった。それは、今では、何の意味もなかった。多くの女性が、警察にわずらわされないために、人前では一人でいないようにしていた。焚火が始まってからというもの、すべてが変わった。ほんの数週間まえ、生き延びた最初の「女たち」が姿を現しはじめた。バスに乗るために。スーパーマーケットで買い物をするために。タクシーや地下鉄に乗るため、銀行の口座を開くため。ぞっとしない顔を午後の太陽に照らされて、ときにはいくつか指骨のない指でカップを支えながら、バルのテラスでコーヒーを楽しむために。仕事がもらえるのだろうか？　男と怪物の理想の世界はいつ来るのだろう？

　シルビーナは、刑務所にいるマリア・エレーナの面会に出かけた。他の受刑者たちに襲われているのでは、と最初、彼女とその母は心配したが、違っていた。非常にいい扱いをされていた。

「わたしは女の子たちと話しててね。彼女たちに言うのよ、わたしたち女はいつも燃やされた、四世紀のあいだ、わたしたちは燃やされたの！　って。それが彼女たちには信じられない。魔女裁判のことはぜんぜん知らない、わかる？　この国の教育はだめになった。でも彼女たちは関心がある。かわいそうな子たち、知りたがってるのよ」

「何を知りたがってるの？」とシルビーナは訊いた。

「そうね……いつ焚火が終わるか知りたがってる」

「で、いつ終わる？」

「ああ、わたしにわかるもんですか、シルビーナ、わたしとしては、絶対、終わってほしくない！」

刑務所の面会室は一つの小屋で、いくつかテーブルがあり、それぞれのテーブルのまわりに椅子が三つあった。一つは囚人用、二つが面会者用。マリア・エレーナは小声で話していた。看守たちを信用していなかった。

「異端審問の魔女狩りの数になったら終わる、と何人かの子が言ってる」

「それは多いわ」とシルビーナは言った。

「一概には言えない」と彼女の母が口をはさんだ。「何十万と言う歴史家たちもいれば、四万と言う歴史家たちもいる……」

「四万というのはすごい数よ」とシルビーナはつぶやいた。

「四世紀で、と言うなら、そんなに多くない」と彼女の母が応えた。

「六世紀まえは、ヨーロッパには人が少なかったの、ママ」

シルビーナは怒りで目に涙があふれるのを感じた。マリア・エレーナが口を開き、何か言ったが、シルビーナは聞いてなかった。彼女の母は話し続け、二人の女は、刑務所の面会室の弱々しい明かりの中で話をした。そしてシルビーナはただ聞いていた。わたしたちは、歳をとりすぎてる、一度の焼身に耐えられそうにない、二度目には感染症で命を失くす、でも、シルビニータ、ああ、シルビニータが決心したら、美しい火傷女に、本当の火の花になるでしょうね。

訳者あとがき

グローバル化した社会にあっても、スペイン語圏の作家が広く欧米に認知されるには、今なお、ヨーロッパという地域に位置するスペインという国を経由する必要があるらしい。むろんそこにある名立たる出版社を、という意味だが。ある日、一人の編集者が、エージェントが送ってきた原稿を読む。そしてそのエージェントに、残りの原稿を送ってほしい、と依頼する。読んだのはバルセロナにあるアナグラマ社のホルヘ・エラルド。あのロベルト・ボラーニョを支えた出版人であり作家でもある人物、そして原稿の主は、スペインではほとんど知られていないアルゼンチンのマリアーナ・エンリケス。この出合いから、いわばエンリケスに対するブームが、一つの現象が始まるのだが、画家と画商の関係と同じで、編集者が目利きでなければ、また作家とその作品がすばらしいものでなければ、注目されることもないし、ましてやブームのようなものは起こりようがない。

エンリケスの原稿が本としてまとめられ、二〇一六年二月、『わたしたちが火の中で失くしたもの』というタイトルでアナグラマ社から出版されると、エル・ムンド、ラ・バングアルディアをはじめ各紙がこぞって絶賛し、たちまちのうちに十四か国語への翻訳が決まり（今では二十四か国語らしいが）、やがて一つの現象となっていく。アルゼンチンでは「ラ・ナシオン」紙が『わたしたちが火の中で失くしたもの』はアルゼンチンのホラーのプリンセスとしての彼女の地位を固めた」としてエンリケスに一つのラベルを貼ったが、著名な批評家であるベアトリス・サルロは「著者は私たちがとりわけコルタサルの中で識別する一つの特徴を利用し、それを際立たせる。つまり、日常生活の腐敗した有害なものを、自らの排出や鼓動に身をまかせた肉体がぴちゃぴちゃ音を立てて動く不合理の底が漏れ出る裂け目を」と評した。

また合衆国のコーネル大学で教え、『チューリングの妄想』という邦訳のあるボリビアの作家エドムンド・パス＝ソルダンは「『わたしたちが火の中で失くしたもの』のいくつかの短篇は、「天の扉」のコルタサルを思い出させるが（中略）、その他の短篇は、幽霊屋敷のゴシック小説の刷新者である『丘の屋敷』のシャーリイ・ジャクスンを、そしてまた、『ペット・セマタリー』のような小説で忌まわしい過去に呪縛された場所のテーマを開拓したスティーヴン・キングを思い起こさせる。ゴシック的なもの、そして純然たる刺激的な恐怖のアマルガムの中で、エンリケスは極めて独自な小説世界を作るために、賢明にも巨匠たちを拠り所にしている」と述べる。

そして二〇一七年二月、英訳が出版されると、スペイン語圏と同じような現象が起きる。フィナンシャル・タイムズ、ニューヨーク・タイムズ、ニューヨーカー等々の新聞・雑誌が絶賛、ボストン・グローブ紙をはじめいくつもの紙誌が二〇一七年度のベスト・フィクションの一冊として選ぶほどになる。映画にもなった『ザ・サークル』のデイヴ・エガーズはこの作品を読み、「マリアーナ・エンリケスは、読まれることを要求する魅惑的な作家だ。ボラーニョのように、生と死の問題に関心があり、そのフィクションは貨物列車の力で衝撃を与える。『汚い子』は、この何年もの間に読んだ最も忘れられない、すぐれたストーリーの一つだ。何週間も心に残り、わたしがこよなく愛している町、ブエノスアイレスに対する認識を新たにした」と評した。

では、『わたしたちが火の中で失くしたもの』とはいったいどのような作品なのか。そのまえに、まず、作品とも関わりのある時代のアルゼンチンの歴史について少し触れておかなくてはならない。

アルゼンチンは、二十世紀後半、民政・クーデター・民政という過程を繰り返すが、一九七六年にはビデラ将軍がクーデターを起こし、左翼テロ鎮圧を理由に市民を逮捕、拷問、銃殺、生きたまま飛行機から突き落とすなど残虐行為を繰り返して推定三万人におよぶ死者・行方不明者を出す。また、経済政策に失敗し、類を見ないインフレを引き起こすことで社会不安が深刻化する。八一年末に後を継いだガルティエリは、国民の目をそらすためにマルビナス諸島をイギリスから奪還しようとするが、マルビナス(フォークランド)戦争へと発展し、敗戦。八二年、ガルティエリは辞任し、ビニョーネが後を継ぐが求心力はなく、民政移管を迫られる。八三年に選挙でアルフォンシンが大統領に就任し、長く続いた軍事政権はようやく終りを迎える。アルフォンシンは軍の力を弱めることには成功するが、対外債務やインフレ等で経済を再生することができずに辞任。一九八九年にメネムが就任。軍部の権力をさらに弱め、公営事業を次々に民営化し、一ドル＝一ペソという固定相場を導入し、長年のインフレを抑え、経済も上向きになっていくが、反面、貧富の差が拡大し……。

国民に恐怖を与え続けた軍事政権は一九七六年から八三年まで続くわけだが、その恐怖政治を国民はどのように見ていたのか。当然のことながら、年齢でその捉えようが変わる。たとえばレオポルド・ブリスエラ（一九六三〜 ）は国家によるテロが市民におよんだ日の出来事を想起する『同じ夜』で軍事政権とそれに関わった人物を正面から捉えるが、ブリスエラのちょうど十年あとに生まれたマリアーナ・エンリケスはそういう描き方はしない。それでもその時代の恐怖は作品の中に表れている。スペインのエル・クルトゥラル誌のインタビュー（二〇一七年二月）でエンリケスは次のように語る。

八歳である種の物語を読むことは永久に影響を与えます。もっともそうした物語を読んだ時期にアルゼンチンで成長すること、ニュースで拷問の様子を耳にすること、新聞でそれを読むこと、そうした現在の、ありうる恐怖、つまりもう小説の中のことではない、リアルな恐怖と暮らすこともですが。はっきりした、リアルな恐怖、それは隔世遺伝的な、幼児期の、そのうえまだほんの子供であっても味わい続けるような恐れと結びついています。同時に、行方不明者という問題が身近で起きなかったことが、そうしたことを、距離を置いて、外から見、語らせてくれました。（中略）恐怖は幼年期に彫り込まれます。文学はさまざまな方法でそれを身につけさせてくれます。わたしはそのジャンルが好きです。とても好きなのでそれを研究しています。どんな新しい服をそれに着せられるか自問しています。たとえば、城での幽霊という物語はたくさん書かれてきましたが、アパートで、というのはそんなにありません。十六世紀のイギリスの大修道院で失われた骨を発見するのとそれを今日のブエノスアイレスで発見するのは同じことじゃありません。そしてそこでは物語は社会的なものになるのです。なぜなら、アルゼンチンでは恐怖の物語は単にそのジャンルの物語ではないからです。いまだに行方不明者たちがいつづけているから、そして骨は政治的な問題なのですから。

この政治的なもの、幼年期に刻み込まれたものが、『わたしたちが火の中で失くしたもの』にちりばめられている。「オステリア」には独裁期が、また「酔いしれた歳月」には独裁政権崩壊後が物語の遠景として表れているし、ホラーの古典的な設定ともいえるいわくありげな屋敷は、「アデーラの家」「隣の中庭」の家、そして「オステリア」のホテルと変わっている。「緑 赤 オレンジ」で男が閉じこもっている部屋も同類と言えるかもしれない。また、幽霊あるいは幻影、幻覚は「パブリート は小さな釘を打った」や「隣の中庭」「蜘蛛の巣」「学年末」「黒い水の下」に現れる。さらには、頭蓋骨、供物台、黒猫、血の誓い、怪談話といった小道具も配置されている。こうして見ていくと、『わたしたちが火の中で失くしたもの』に収められた短篇の多くが、ホラーという枠組みに入れられてしまうかもしれない。

エンリケスが、ホラーという形式を使って作品を創るのは、先にもあるように子供のころの体験に起因する。「スティーヴン・キングの『ペット・セマタリー』を読んだときは、一つの啓示でした。わたしはそのときまで、文学は物理的なことを引き起こしえないと考えていたのです。でもその本は重要な美的体験のようなものでした。わたしは、音楽が人を泣かせたり、踊らせたりすることができることは知っていました。映画もそうですが。でも、文学ではそんなことは起こりませんでした。情緒的な経験をしたことがありませんでした。でも、その本を読んだとき、物理的な、ぞっとするような恐れを抱き、ひどい目にあいましたが、それがわたしに情緒の扉を開けてくれたのです。そのあと、『嵐が丘』を手に取り、夢中になりました、ひどく、心底。キングで、わたしは文学とつながりました。そこでなしうることを理解したのです」(ブエノスアイレスのデジタル誌CdL、二〇一七年九月)。キングに導かれたエンリケスがホラーというジャンルに導かれるのは自然なことだが、十六世紀のイギリスの大修道院と現代のブエノスアイレスとでは、空間の広がりも時間の流れも違う。物語が単なる絵空事にならないようにするには、目に見える現実が取り込まれなくてはならない。エンリケスの作品が人を怖がらせるために書かれたものではないことは明らかである。それぞれの作品にはめ込まれる要素、たとえばストリートチルドレン、スラム、ドラッグ、暴力、性差別、インターネット、バーチャル・リアリティ、ストレス、鬱、幻覚、ひきこもり、等々、アルゼンチンという地域に限定されることのない、現代が、あるいは現代人が直面している問題が、現代社会のありようを強く意識させるからだ。

先に記したようにアルゼンチンの新聞はエンリケスに「ホラーのプリンセス」という呼び名をつけたが、この「ホラー」という言葉をどのような意味で使っているのかはわかりようがない。

それでもなお、自分はホラーを書いているだけではない、それはテーマだ、とエンリケスは言うが、自分の作品がホラーと形容されることに対して、あるインタビューで、「それを一つのジャンルの枠にはめることはそんなに簡単ではないと思います。いずれにしてもそのラベルは嫌いじゃありません。わたしが最も称賛する作家たちが、ヘンリー・ジェイムズからシャーリイ・ジャクスン、そしてコルタサルをも経て、スティーヴン・キングにいたるまで、ホラーを書いてますから」と答え、また別のインタビューでは「(ホラーは)とても自由なジャンルで、他のジャンルに入れることができます。わたしは『ソラリス』はホラー小説だと思うのですが、規範では、SFに属することになっています。明らかにホラーに属するのに、ヘンリー・ジェイムズが書いたから、『ねじの回転』を心理小説として守っている人がいます」と、小説のジャンル分けをあまり意に介さない。『わたしたちが火の中で失くしたもの』は、ボルヘス、ビオイ＝カサレス、コルタサルらによって創りあげられていったアルゼンチン幻想短篇という、あるいは先人となるウルグアイのオラシオ・キローガを含めてラプラタ幻想文学という、伝統的な範疇《はんちゅう》に含めてもいいものと思ったのだが、エンリケスは、それを逆転させ、ラプラタ幻想文学をホラーに含めかねない。いずれにせよ、ジャンル分けというのは、出版社、書店、図書館、本を買うときのガイドにしか意味のないものに思える。好んで読む詩人がT・S・エリオット、ランボー、ボードレール、キーツ、シルヴィア・プラス、アン・セクストン、アントニオ・シスネロス、そしてフォークナー『響きと怒り』か『八月の光』、コーマック・マッカーシー『ザ・ロード』、エミリー・ブロンテ『嵐が丘』、ボルヘスの全短篇、そしてプイグ『天使の恥部』という、エンリケスが二〇一五年五月のデジタル誌のインタビューで挙げた五つの愛読書を考えれば、キング、そしてホラーというジャンルだけに縛られるような作家ではないことがわかる。

マリアーナ・エンリケスの履歴については、まるで個人情報という盾で守られているかのように、あまり資料がないので詳しいことはわからない。一九七三年、ブエノスアイレス生まれ、市の南に隣接するラヌース市で育ち、小さなころは祖母の語るコリエンテス州の伝説や幽霊の話に心を奪われる。やがてラプラタ大学で社会コミュニケーションの学位を取得し、大学でナラティブ・ジャーナリズムを教えている。また、ジャーナリストとしても活躍し、「パヒナ／12」紙の日曜版ラダールの編集に関わる一方、さまざまな雑誌に執筆。作品には、セックス、ドラッグ、政治不信、恋愛を絡ませて、九〇年代のブエノスアイレスの若者の生態を描き、二十一歳のときに出版した『降りるのは最悪』（一九九五）、姉は元麻薬中毒で自殺をはかって舌を失くし頭部を損傷する、母親はノイローゼで夫に口出ししない、父親は男色で息子に手をのばす、そうした壊れた家族関係やスラムでの生活に悩まされる若者を描いた長篇『完全な姿の隠し方』（二〇〇四）、バルセロナに旅した主人公が町全体が道路脇で死んで腐った犬のような臭いがすることに気づく「悲しいランブラ」、こっくりさんをする五人の女の子のうちの一人が、独裁政権のときに行方不明者となった両親を呼び出そうとする「わたしたちが死者たちと話すとき」、寝タバコがもとで隣のビルの老婆が死んだことを知った愛煙家の老婆が奇妙な行動をする表題作等、十二篇から成る短篇集『ベッドでタバコを喫う危険』（二〇〇九）、子供の失踪について調べている女性の前に、ある日、行方不明になって死んでいるはずの女の子が姿を見せると、その後、そうした少年・少女が失踪当時の姿で現れ始めるという、まるで行方不明者というアルゼンチンの暗い過去を想起させる中篇『戻って来る子供たち』(二〇一〇)、内外のさまざまな墓地をめぐる紀行『誰かがあなたの墓を歩く——わたしの、墓地への旅』(二〇一三)、文芸誌『スル』を主宰してアルゼンチンの文学・文化界を主導したビクトリア・オカンポの妹であり、ビオイ=カサレスの妻であったシルビーナ・オカンポ(エンリケスによれば、シルビーナは、ビオイ=カサレスより大胆で、独創的で、品があり、より優れた作家)の人となりに迫ろうとする評伝『妹——シルビーナ・オカンポの肖像』(二〇一四)がある。そして最新作は、ロックスターと彼らを支えたファンである女の子たちとの関係性に着目して、あるロックグループのリーダーをカート・コバーンやジム・モリソン、ジョン・レノンといったレジェンドにまでする任務をおびた妖精の行動を綴った中編『ディス・イズ・ザ・シー』(二〇一七)だが、これは、かつて熱烈なロック・ファンだった著者が、当時ファンだった人のために書いたものでもあるという。

ところで、ラテンアメリカの作家たちはどれほど欧米の読者に受け入れられてきたのか。これは翻訳の有無ではっきりする。アルゼンチンの作家としては、ボルヘス、ビオイ=カサレス、そしてコルタサルの名は定着し揺るぎない。だが、彼らの後に続く作家たちはどうか。いい出版人にめぐりあえるかどうかという偶然性にも左右されるが、英語、フランス語、ドイツ語等に翻訳紹介されている作家を見ていくと、ファン・ホセ・サエール、リカルド・ピグリア、オスバルド・ランボルヒーニ、ロドルフォ・フォグウィルはすでに亡く、今なお作品を発表し、翻訳が進められているのはセサル・アイラ(一九四九〜　)だけ。五〇年代生まれの作家としてはマルティン・カパロス、アラン・パウルス、六〇年代は前述のブリスエラにロドリーゴ・フレサン、マルティン・コアン。そして七〇年代、「新しいアルゼンチン小説」の書き手の代表ともいえるのが、パトリシオ・プロン（一九七五〜　）、そしてサマンタ・シュエブリン（一九七八〜　）。むろんそこにはマリアーナ・エンリケスも含まれているが、『わたしたちが火の中で失くしたもの』が注目されて世界各地のブックフェアーに駆り出され、数多くの紙誌のインタビューを受けることで、欧米での知名度は一気に、誰よりも上がってしまった。『ベッドでタバコを喫う危険』は二〇一七年、『妹』は二〇一八年にアナグラマ社からスペイン版が出されたが、最近作の『ディス・イズ・ザ・シー』はアナグラマ社の叢書には合わず、また他社からも出してみたいというエンリケスの希望でランダム・ハウス社から出すことになった。ただ、今後はアナグラマ社から出版するとのことで、その日が待ち望まれる。

翻訳には Mariana Enriquez, *Las cosas que perdimos en el fuego*, Editorial Anagrama, 2016 を用い、英訳 *Things we lost in the fire*, Portobello Books, 2017 を参照した。また、新たな作家と新たなジャンルを読む、そして、このとびきり面白い本を訳すという機会を与えてくださった編集部の島田和俊氏に、この場を借りて感謝したい。

安藤哲行

主要著作一覧

Bajar es lo peor, 1995
Cómo desaparecer completamente, 2004
Los peligros de fumar en la cama, 2009
Chicos que vuelven, 2010
Alguien camina sobre tu tumba: Mis viajes a cementerios, 2013
La hermana menor: Un retrato de Silvina Ocampo, 2014
Las cosas que perdimos en el fuego, 2016、本書
Este es el mar, 2017

著者略歴

マリアーナ・エンリケス（Mariana Enriquez）

1973年アルゼンチン・ブエノスアイレス生まれ。作家・ジャーナリスト。95年『降りるのは最悪』で作家デビュー。以後、長篇『完全な姿の消し方』（2004）、短篇集『ベッドでタバコを喫う危険』（09）、中篇『戻って来る子供たち』（10）、最新作『ディス・イズ・ザ・シー』（17）のほか、さまざまな墓地を歩く紀行『誰かがあなたの墓を歩く』（13）や、評伝『妹——シルビーナ・オカンポの肖像』（14）などがある。また、「パヒナ／12」紙の発行にも携わっている。

訳者略歴

安藤哲行（あんどう・てつゆき）

1948年岐阜県生まれ。ラテンアメリカ文学・翻訳家。摂南大学名誉教授。著書に『現代ラテンアメリカ文学併走』（松籟社）など、訳書に、C・フエンテス『老いぼれグリンゴ』（河出書房新社『池澤夏樹＝個人編集 世界文学全集』）、M・プイグ『天使の恥部』（白水Uブックス）、R・アレナス『夜になるまえに』『夜明け前のセレスティーノ』（国書刊行会）、『ハバナへの旅』（現代企画室）、J・ボルピ『クリングゾールをさがして』（河出書房新社）、『ラテンアメリカ五人集』（集英社）ほか多数。

わたしたちが火の中で失くしたもの

2018年 8 月20日　初版印刷
2018年 8 月30日　初版発行

著　者　マリアーナ・エンリケス
訳　者　安藤哲行
装　丁　川名潤
装　画　平井豊果
発行者　小野寺優
発行所　株式会社河出書房新社
〒151-0051　東京都渋谷区千駄ヶ谷2-32-2
電話　(03) 3404-1201〔営業〕(03) 3404-8611〔編集〕
http://www.kawade.co.jp/
組版　株式会社創都
印刷　株式会社亨有堂印刷所
製本　小髙製本工業株式会社

Printed in Japan
ISBN978-4-309-20748-3

河出書房新社の海外文芸書

AM/PM
アメリア・グレイ　松田青子訳

このアンバランスな世界で見つけた、私だけの孤独―― AM から PM へ、時間ごとに奇妙にずれていく120の物語。いまもっとも注目を浴びる新たな才能の鮮烈デビュー作を、松田青子が翻訳！

美について
ゼイディー・スミス　堀江里美訳

ボストン近郊の大学都市で、価値観の異なる二つの家族が衝突しながら関係を深める。レンブラントやラップ音楽など、多様な要素が交錯する21世紀版『ハワーズ・エンド』。オレンジ賞受賞。

アメリカーナ
チママンダ・ンゴズィ・アディーチェ　くぼたのぞみ訳

高校時代に永遠の愛を誓ったイフェメルとオビンゼ。米国留学を目指す二人の前に、現実の壁が立ちはだかる。世界を魅了する作家による、三大陸大河ロマン。全米批評家協会賞受賞。

ゴールドフィンチ（全４巻）
ドナ・タート　岡真知子訳

少年の運命は１枚の名画とともに、どこまでも連れ去られてゆく――名画、喪失、友情をめぐる長編大作。2014年度ピューリッツァー賞受賞、35か国で翻訳、300万部を超える世界的ベストセラー。

河出書房新社の海外文芸書

とうもろこしの乙女、あるいは七つの悪夢
ジョイス・キャロル・オーツ　栩木玲子訳

金髪女子中学生の誘拐、双子の兄弟の葛藤、猫の魔力、美容整形の闇など、不穏な現実をスリリングに描く著者自選のホラー・ミステリ短篇集。世界幻想文学大賞、ブラム・ストーカー賞受賞。

邪眼　うまくいかない愛をめぐる４つの中篇
ジョイス・キャロル・オーツ　栩木玲子訳

著名な舞台芸術家と結婚したマリアナの元を、最初の妻と姪が訪れる。先妻の失われた眼は何を意味するのか。表題作の他、ダークな想像力が花開く、ノーベル賞候補作家の中篇集。

レモン畑の吸血鬼
カレン・ラッセル　松田青子訳

幻想と現実の境界を飛躍する作家、カレン・ラッセル待望の第二短編集。吸血鬼の熟年夫婦の倦怠期が切ない表題作、蚕に変えられ工場で働く少女たちを描く「お国のための糸繰り」ほか全８編。

むずかしい年ごろ
アンナ・スタロビネツ　沼野恭子・北川和美訳

土と血のにおい漂う、残酷で狂気に満ちた現代ロシアン・ホラー登場！　双子の息子の異様な行動に怯えるシングルマザーの恐怖を描く衝撃の表題作他、新鋭女性作家による全８編。

河出書房新社の海外文芸書

テルリア

ウラジーミル・ソローキン　松下隆志訳

21世紀中葉、近代国家が崩壊し、イスラムの脅威にさらされる人々は、謎の物質テルルに救いを求める。異形の者たちが跋扈する「新しい中世」を多様なスタイルで描く予言的長篇。

パリに終わりはこない

エンリケ・ビラ＝マタス　木村榮一訳

ヘミングウェイを夢見てパリで作家修行をする「私」は、マルグリット・デュラスの家に下宿しながら処女作を書きあぐねる——世界文学に新しい地平を切り拓くビラ＝マタスの代表作。

2084　世界の終わり

ブアレム・サンサル　中村佳子訳

2084年、核爆弾が世界を滅ぼした後、偉大な神への服従を強いられる国で、役人アティは様々な人と出会い謎の国境を目指す。アカデミーフランセーズ大賞受賞のディストピア長篇。

約束

イジー・クラトフヴィル　阿部賢一訳

独占領下ブルノで鉤十字型のナチ邸宅を建てた建築家。戦後は秘密警察に狙われ、最愛の妹を失う。復讐を誓い、犯人を地下に監禁するも……。グロテスクな衝撃のチェコ・ノワールついに解禁！